若殿はつらいよ
死神の美女

鳴海　丈

JN034415

コスミック・時代文庫

この作品はコスミック文庫のために書下ろされました。

目次

第一章　夜鷹《よたか》の死

一

「まあ、巨《おお》きい……」

男の前に跪《ひざまず》いているお蓑《みの》は、白い下帯《したおび》の中から肉柱を丁寧に引き出した。

だらりと下向きに垂れ下がって柔らかいが、普通の男が臨戦態勢になった時と同じくらいの質量がある。

「咥《くわ》えてもいいですか、御浪人様」

「うむ、よいとも」

松平竜之介《たつのすけ》は頷いた。

場所は、日本橋川に架かる一石橋《いっこくばし》――その北側である。二町ほど下流に、日本橋が架かっていた。

この橋の南北に、金座《きんざ》後藤と呉服所後藤の屋敷がある。

なので、後藤と後藤に「五斗《ごと》と五斗」をかけて、合わせて「十斗」。十斗は一石だから、〈一石橋〉と呼ばれるようになったという。

陰暦五月半ばの夜更《よふ》け——そろそろ梅雨《つゆ》に入る頃であった。

御濠端を通って浅草阿部川町の家へ帰ろうとしていた竜之介は、呉服橋の前を通り過ぎた。

そして、一石橋を渡ったところで、「御浪人様、遊んでいきませんか」と夜鷹のお蓑に声をかけられたのだった。

夜鷹とは、一回二十四文《もん》で男と交わる最下級の私娼《ししょう》のことだ。

柳原《やなぎわら》通り、護持院《ごじいん》ヶ原《はら》、鮫《さめ》ヶ橋《ばし》、本所吉田町など江戸のあちこちで男の袖《そで》を引いていたが、呉服橋の辺りも夜鷹の商売の場所の一つである。

しかし、文化年間に呉服橋門内に北町奉行所が移転してきたので、夜鷹たちは一石橋の北側へ場所を移した。

御法《ごほう》に触れる稼業なので、「お上《かみ》を怖れている」という神妙な態度をとることが、大事なのである……。

「——わしかな」

若竹色の着流し姿の竜之介が振り向くと、お蓑は「まあ」と驚いた。

十四日の月に照らされたのは、気品と男らしさを同時に兼ね備えた細面《ほそおもて》の貴公子だったからだ。

今まで数えきれぬほどの男を相手にして来た、二十八歳のお蓑だった。

だが、竜之介の顔を見ただけで、熟れた女体《にょたい》の最深部から熱い花蜜が溢れてしまったのである。

さすがに、色盛りの大年増《おおどしま》で玄人《くろうと》だけあって、一目で、竜之介がその道の達人であることを見抜いたのだった。

御濠端に、他に人影はない。

「ああ……」

お蓑は、よろけるように彼の前へ行くと、

「家まで我慢できない……こちらへ」

そう言って、返事も待たずに竜之介を柳の木の蔭に誘った。

そして、彼の前に蹲《うずくま》ると、その着流しの前を割り、さらに下帯の中を弄《まさぐ》ったのである……。

紅《べに》をひいた唇を開けて、お蓑は、肉根の先端を咥えた。

「ん……んぅ……」

口に頬張って、舌を使う。

「なかなかの妙技だな」

竜之介は夜鷹の巧みな舌使いを味わいながら、その頬を撫でてやった。

「う……」

嬉しそうに目を細めたお蓑は、さらに口淫奉仕に熱を入れる。

その時であった、ふらりと女が一石橋に近づいて来たのは。

北鞘町河岸《きたさやちょうがし》の方から来たらしく、足元が覚束《おぼつか》ない。酔っているのだった。

女は一石橋の袂《たもと》に辿り着くと、そこで欄干《らんかん》に縋《すが》りついて一息いれた。

泥酔しているので、柳の蔭の二人には気づかなかったらしい。

「――少し待て」

竜之介は、お蓑の肩に手を置いて、そう囁《ささや》いた。

「え？」

お蓑は肉根から口を外すと、一石橋の方へ振り向いた。

身繕《みづくろ》いした竜之介は、足早に一石橋に近づいた。

女は、欄干にもたれかかりながら、のろのろと橋の中ほどまで移動している。

それから、欄干を乗り越えようとした。身投げである。

「やめておけ」

竜之介は、背後からその肩を摑んだ。

「いくら水練《すいれん》の季節だからといって、女のそなたまでが川へ飛びこむことはない」

「お放しください、死なねばならない理由があるのでございますっ」

肉置《ししお》きの豊かな女は、抵抗した。酔っているので、意外と力がある。

年齢は二十歳《はたち》くらい。丸髷《まるまげ》だから、亭主持ちである。商家の女房のように見えた。

鼻筋の通った美しい顔立ちだった。

「身投げする者は皆、同じようなことを言う」

抵抗を巧みにあしらいながら、竜之介は、女を橋の袂の方へ引き戻した。

「わたくしは生きていてはいけない女、後生《ごしょう》ですから放して」

「まあまあ、おかみさん」

お蓑もやって来て、女を宥《なだ》めた。

「せっかく留役《とめやく》が入ったんだら、あたしの家で事情を聞こうじゃありませんか。殿方《とのがた》に話しにくいことなら、女同士でじっくりと伺《うかが》いましょう。とにかく、こちらへ――」

二

松平竜之介は遠州鳳《おおとり》藩十八万石の嫡子であったが、その座を弟に譲り、今は、お新《しん》・桜姫・志乃《しの》の三人の美女を妻にしている。

三人妻の愛妻御殿は、青山の甲賀百忍組《こうがひやくにんぐみ》支配・沢渡日々鬼《さわたりひびき》の屋敷内にあった。

そして、桜姫は現将軍家斎《いえなり》の末姫なので、形の上では竜之介は家斎の婿《むこ》でもある。

さらに、日々鬼に育てられた女忍《くのいち》見習いの花梨《かりん》は、実は家斎の隠し子のりん姫であった。

つまり、桜姫の異母妹なので、竜之介の義妹ということになる。

気楽な若殿浪人である竜之介は、同時に、将軍家斎の密命を受けて天下を揺るがす大事件を解決する、隠密剣豪でもあった。

三人妻と愛姦しながら、花梨を目黒不動の縁日に連れて行ったり、悪党を懲《こ》らしめたりと忙しい竜之介である。

そんな彼と肝胆相照《かんたんあいて》らす仲になっているのが、将軍の側近である新番頭・伊東長門守保典《ながとのかみやすのり》であった。

その実弟の徒頭《かちがしら》・加納《かのう》剛右衛門《ごうえもん》もまた、何度も竜之介を助けている。

今夕、竜之介は、愛宕下《あたごした》にある伊東長門守の屋敷を訪ねた。

長門守と心ゆくまで酒を酌み交わしてから、竜之介は駕籠《かご》を断って酔い覚ましに歩いて来たのである。

そして、一石橋を渡ったところでお蓑に声をかけられたのであった……。


お蓑の家は、品川町にあった。二間《ま》と台所の小さな家である。

普通の客とは、柳の木蔭で立ったまま臀《しり》を突き出して行うお蓑だが、気に入った客は、この家に連れて来て、じっくりと奉仕するのだ。

無論、料金もそれなりに割増になるが……。

家へ運びこむと、身投げ志望の女は抵抗した疲れがいっぺんに出たものか、ぐったりと四畳半の座敷に横たわってしまう。

お蓑は枕を出して、眠りこんだ女の頭をそれに乗せると、古着を掛けてやった。

「さあ、御浪人様。こっちの座敷へ」

六畳間に松平竜之介を座らせて、お蓑は、酒を用意した。肴《さかな》は蒲鉾《かまぼこ》と塩豆である。

「どうも、大変な拾いものをしてしまったな」

お蓑の酌を受けながら、竜之介が言う。伊東屋敷で飲んだ酒は、ほぼ醒めていた。

「いえ……艶消《つやけ》しでしたが、人助けになったんだから、良かったじゃありませんか」

「それもそうだな」

身を売る稼業をしてはいるが、このお蓑は善良な女らしい――と竜之介は思った。

「これほど酔って死にたくなるとは、一体、どんな事情だろう」

「厭《いや》だ、わかってるくせに」

お蓑は笑って、竜之介の膝に手を置いた。

「ん?」

「女が死にたくなるのは、男のことですよ。商家のおかみさんのようだから、男に騙されて、お店の金でも貢いだんじゃないですか」

「ふうむ……」

竜之介は、閉めた襖《ふすま》の方を見た。女の寝息が聞こえる。

「御浪人様は、そんな罪なことはしてないでしょうね」

「さて」竜之介は言う。

「わしはなるべく、罪作りなことはしないようにしているつもりだが」

「ふ、ふ。どうでしょうね」

男の膝を撫でながら、お蓑は言った。

「御浪人様ほどの男っぷりなら、罪を作ってほしい女たちが、ずらりと並んでいるんじゃありませんか」

「左様《さよう》なこともないが」

竜之介がそう言うと、胡座《あぐら》をかいた彼の下腹にお蓑は顔を埋《うず》める。

「さっきの続きを……」

着物の前を開いて、下帯《したおび》の脇から掴み出した柔らかい男根を、お蓑はしゃぶり始めた。

竜之介は酒を飲みながら、お蓑の口唇奉仕を愉《たの》しむ。右手で、彼女の臀を撫でまわす。

竜之介の男の象徴は、隆々として硬化膨張した。

巨根である。

長さも太さも、普通の男の生殖器の倍はあった。

しかも、玉冠部《ぎょくかんぶ》の縁《ふち》が、笠のように張っている。いわゆる雁高《かりだか》であった。

お蓑の唾液にまみれて黒々と濡れ光り、熱く脈打っている。

長大な肉の凶器を、下から上まで丁寧に舐めながら、

「御浪人様……もう我慢できない……早く、この立派なもので、あたしを貫いてくださいな」

お蓑は、喘《あえ》ぎながら言った。

「よしよし」

竜之介は、お蓑の軀《からだ》を軽々と持ち上げて、自分の膝を跨《また》がせた。

そして、着物や肌襦袢《はだじゅばん》の裾《すそ》をまくり上げさせる。赤い下裳《したも》も、だ。

豊かな繁みに飾られた赤っぽい花弁が、剝《む》き出しになる。

「そのまま、ゆっくりと腰を下ろして……そう、そうだ」

竜之介は、男根の茎部を右手で握って、たっぷりと濡れている女の花園にあてがった。

さらにお蓑が腰を落とすと、竜之介の剛根が肉壺に侵入する。

「お、おお……凄いっ」

お蓑は仰《の》け反《ぞ》った。

「火のついた薪《まき》が……奥まで……奥まで入ってる……」

対面座位で貫かれたお蓑は、竜之介の首に諸腕《もろうで》をまわす。

「では、参るぞ」

竜之介は腰を動かした。真下から、ゆっくりと女体《にょたい》を突き上げる。

「あっ、あっ、あっ」

たちまち、お蓑は悦声《よがりごえ》を上げた。

「こんなの初めて…死んでしまいそう……」

そう言いながら、自分から臀を蠢《うごめ》かしてしまう。

律動を続けながら、竜之介は、お蓑の帯を解いて小袖《こそで》や肌襦袢を脱がせた。

下裳一枚にして上半身を裸にすると、汗ばんだお蓑の乳房は大きめであった。

竜之介は、その小豆色《あずきいろ》の乳頭を舐める。

「ひっ」

お蓑は、軀をひくつかせる。

胸乳《むなぢ》を愛撫しながら、竜之介は、巨砲の攻撃を続行した。

お蓑は燃え狂った。乳房を揺すりながら、臀を振って快楽を貪《むさぼ》る。

四半刻《しはんとき》――三十分ほど責めてから、竜之介は、ようやく放った。

灼熱の白い溶岩流の直撃を受けて、お蓑は臀肉を震わせて絶頂に至った。

括約筋が収縮して、男の道具を締めつける。

竜之介にもたれかかったまま、女は気を失ってしまった。

(身投げ女の事情を聞いてやるはずだったのに、こちらの楽しみが先になってしまったな……)

胸の中で苦笑しながら、竜之介は、吐精の余韻を嚙みしめるのだった。

三

未明まで何度もお蓑と交わった松平竜之介が、ようやく眠りについて一刻ほど後――隣の座敷で、人の動く気配がした。

酔いの醒めた身投げ女が身繕《みづくろ》いして、そっと玄関から出て行くようだ。

すでに明るくなった表には、人が通っている。

これでは、橋から身投げして自殺するのは無理だろう。

全裸のお蓑を抱きつかせたまま、竜之介は再び、眠りの世界に引きこまれた……。


結局、竜之介が浅草阿部川町の家に戻ったのは、正午《ひる》前であった。

近所に住む老婆《ろうば》のお久《ひさ》に風呂を沸かしてもらい、汗を流してから茶漬けを食べて、寝床に入った。

目が覚めた時は夜も更《ふ》けていて、居酒屋で食事をしようか——と竜之介が考えていると、

「御免くださいまし」

玄関の方で声がした。女の声である。

竜之介は大刀を右手に持って、玄関へ出た。

「松浦竜之介様でございますか」

二十歳前と見える町人の女だが、縞物《しまもの》の小袖《こそで》を臀端折《しりっぱしょ》りにして、藍色《あいいろ》の川並《かわなみ》に黒い腹掛けという男の格好をしている。

女にしてはすらりと背が高く、細身であった。

少年といっても通用するような、中性的な顔立ちをしている。髪も、男髷《おとこまげ》を結《ゆ》っていた。

「そうだが……」

「失礼いたしました。あたしは、お上《かみ》から十手をお預かりしている本郷の錦《きん》と申します」

娘御用聞き・本郷のお錦はお辞儀をして、

「つかぬ事をお伺《うかが》いしますが──松浦様は夕べ、お蓑という夜鷹を買われましたか」

「そうだ。よく知っているな」

苦笑した竜之介だが、すぐに表情を引き締めた。

「お蓑に何かあったのか」

御用聞きが訪ねて来るのには、それなりの理由があるはずなのだ。

「はい」お錦は頷いて、

「お蓑は殺されました──」

四

一石橋の近くの北鞘町に、雑草の生い茂る数十坪の空地があった。

ほろ酔い加減の畳《たたみ》職人が、用足《ようた》しをしようと空地に入りこんだら、足の先に触れたものがある。

見ると、それは女の腕であった。

雑草の中に、女が横向きに倒れていたのだった。しかも、軀《からだ》の下に血溜まりが出来ている。

悲鳴を上げて、畳職人は空地から転がり出た。そして、近くの自身番に駆けこんだのであった。

折良く、自身番には南町奉行所の定町廻り同心・堀田《ほった》泰蔵《たいぞう》とお錦がいて、すぐに空地へ向かった。

堀田同心が顔を知っていたので、そのホトケが夜鷹のお蓑だとわかったのだ……。

「――よく、わしがお蓑の客だとわかったな」

夜の通りを一石橋の方へ向かいながら、竜之介は、並んで歩くお錦に訊《たず》ねた。

「近所の者が、松浦様を送りに出たお蓑を見ておりました。若竹色の着流しで姿の良い御浪人だったというので、堀田の旦那が、それはたぶん噂に聞く阿部川町の松浦様だろう――と言われまして」

無駄のない話し方で、お錦は説明する。

笑みを見せず表情も変えないが、十手持ちとしては優秀なのであろう。

「それで、わしに話を聞きに来たのか」

「はい。お蓑を刺した凶器は包丁なので、松浦様に殺しの疑いがかかっているわけではありません。一応、お話を伺《うかが》うだけで良かったのですが……」

「いや」と竜之介。

「たとえ一夜のことでも、その相手が非業《ひごう》の死を遂げたとあっては、家で安閑としているわけにはいかん。せめて死に顔なりと見てやらねば、お蓑が不憫《ふびん》だ」

「なるほど……」

お錦の表情が動いた。竜之介の言葉に、何か感じるところがあったようだ。

「それで、昨夜の身投げ女は事件に関わりあるのかな」

「いえ。実は、下手人の見当はついております」

「ほほう」

「お蓑は、三年前に亭主の常吉《つねきち》と別れて夜鷹を始めたのですが……この常吉という野郎が、元は板前でして」

いつも晒《さら》し布に包んだ包丁を懐《ふところ》に呑んで、酔っ払っては包丁の柄《つか》をちらつかせて相手を脅すというたちの悪い男なのであった。

「ホトケの近くに落ちていた血の付いた包丁が、常吉のものらしいんで」

お蓑の懐には、一文《いちもん》も無かった。金をせびりに来た常吉が、断られてお蓑を包丁で刺し、金を奪ったのだろう――というのが、堀田同心の見立てである。

「ふうむ……」

竜之介は、眉間《みけん》に縦皺《たてじわ》を寄せる。

何の罪もないお蓑が、そんな理不尽な理由で殺されたのであれば、哀れというしかない。

自身番に着くと、お錦は、戸障子を開け放した入口から、土間へ入った。

「堀田の旦那は？」

「常吉の手配のために、町奉行所へ戻られました」

畳の間に座っていた町《ちょう》役人が、答えた。

「そうか——松浦様、どうぞ」

お錦は、竜之介を招き入れた。町役人が、あわててお辞儀をする。

お蓑は、粗筵《あらむしろ》を掛けられて、土間に横たわっていた。

しゃがみこんだお錦が、その粗筵をめくった。

目を閉じたお蓑の顔は血の気がないが、苦痛の表情はなく、まるで眠っているかのようであった。

ほんの半日前には、竜之介の全身に唇と舌を這わせて奉仕し、挿入をせがんでいた女が、今は冷たくなって動かないのである。

「————」

竜之介は、無言で片手拝みをした。それから、町役人の方を向いて、

「これから通夜か」

「はあ……ホトケに身寄りはおりませんので、まだ、どうするか決めておりません」

「そうか」

来る途中に懐の中で作った紙包みを、竜之介は上《あ》がり框《かまち》に置いた。

「これは少ないが、弔《とむら》いの費用にしてくれ」

「どうも、ご丁寧に――」

お辞儀をした町役人は、紙包みを手にして、その重さに驚いた。中には、小判が五枚入っている。

「こんなに、宜《よろ》しいので？」

夜鷹風情に酔狂な――という顔になる。

「夕べ、わしがお蓑の客になったのも、何かの縁《えん》だろう」

「左様でございますか。では、預からせていただきます」

深々と頭を下げる、町役人であった。

「……」

お錦は脇から、竜之介の横顔をじっと見つめている。

「おい、親爺《おやじ》」

その男は、屋台のおでん屋の老爺《ろうや》に言った。

「冷やでいいから、一杯くれ」

背の低い三十半ばと見える男で、目つきが険しく、ごろつきのような感じである。

「へい、へい」

老爺は、湯呑み茶碗に酒を注いで、台の上に置く。

男は湯呑みを持つと、一気に呷《あお》った。

そこは新大橋の東の袂《たもと》で、あと一刻《いっとき》ほどで夜が明ける頃合《ころあい》だ。

そこで営業しているのはおでん屋の屋台だけで、他に人通りもない。

飲み終えて、ふーっと息をついた男は、

「ちきしょう、なんで俺がこんな目に……騙しやがって……」

懐を撫でながら、呻くように呟く。

酔客の扱いに慣れている老爺は、何も聞こえないふりをした。

男は、空になった湯呑みと銭を台の上に置いて、

「もう一杯くれ。それと……豆腐を二本ばかり貰おうか」

「へい、毎度あり」

老爺は屈《かが》みこんで荷箱から皿を取り出し、焼き豆腐を乗せて味噌を塗ろうとした。

「あれ？」

見ると、男の姿がない。台の上の銭は、そのままであった。

「おかしいな」

豆腐の皿を手にしたまま、老爺は通りの真ん中に出てみた。

皺首《しわくび》を伸ばして左右を見まわしても、どこにも男の姿はない。

「狸《たぬき》か狢《むじな》にでも化かされたか……でも、銭は木の葉じゃないし」

しきりに首を捻《ひね》る老爺であった。

本所の回向院《えこういん》裏の雑木林で、元板前の常吉という男が首を吊っているのを、通りがかりの納豆売りが見つけたのは、それから一刻ほどたってからであった。

第二章　純情十手美女

一

その日の夕方――本郷のお錦《きん》は、雑木林の中で淡黄色の花穂をつけた栗の木の前に立っていた。

「ふうむ……」

この栗の木の枝に縄を掛けて、常吉《つねきち》は首を括《くく》っていたのである。

「常吉の野郎が江戸を売って逃げ出すんじゃないかと、夜中に四宿《ししゅく》に手配して大汗をかいたが、見つかってみれば深川で首吊りか。まあ、捕物に無駄は付きものだ。凶器の包丁も、昔の主人が常吉のものだと太鼓判を押したし……夜鷹《よたか》殺しは一件落着、ほっとしたぜ。これで、お蓑《みの》も浮かばれるだろうよ」

常吉の検屍《けんし》に立ち合った南町同心の堀田《ほった》泰蔵《たいぞう》は、そう言って笑ったものだ……。

（だけど――）

お錦には、釈然としないものがあった。

（本当に、常吉がお蓑を刺し殺したんだろうか……）

検屍の後に、お錦は下っ引たちに命じて、首を吊る前の常吉を目撃した者がいないか、探させた。

それで、屋台のおでん屋の老爺《ろうや》――為助《ためすけ》が見つかったのである。

人相風体《にんそうふうてい》や酒のにおいが残っていたことからしても、冷や酒の客が常吉であることは、ほぼ間違いない。

すると、常吉の「ちきしょう、なんで俺がこんな目に……騙しやがって……」という言葉が、お錦には気にかかる。

（誰かが常吉を騙して、お蓑殺しの下手人に仕立て上げた――という意味にとれるが）

お錦は、すぐに為助の証言を堀田同心に報告した。

「それはな、お錦」

堀田同心は、教え諭《さと》すように言った。

「人殺しなんぞやらかすような奴は、いつも、世の中に不満を持ってるもんだ。

人生が上手く行かないのは、自分のせいじゃなくて、世間の奴らが悪い——と思うわけだな。だから、お蓑を刺し殺したことも、常吉は、誰かに騙されてこうなった——そんな風に感じてたんだろう。人の道を外れた奴の言葉を、あんまり真面目に受け取ると、かえって真相を見誤ることもあるぜ。お前の仕事熱心なのは誰でも認めるところだ。だが、少しばかり杓子定規《しゃくしじょうぎ》に考えすぎるところがあるんじゃねえか。もうちっと、肩から力を抜いた方がいいぜ」

こうして疑義《ぎぎ》を却下されたお錦は、この首吊り現場に戻って来たのだった。

梅雨《つゆ》前の雑木林の中には、蒸すような湿った空気が漂っている。

(堀田の旦那の言うことも、もっともだ。しかし……)

お錦は、常吉がぶら下がっていた木の枝を見つめて、

(もしも、お蓑を殺したのが常吉じゃないとしたら……常吉の自殺は偽装かもしれない。同じ下手人が、常吉もお蓑も殺したんじゃないか。しかし、誰がそんなことを…)

背後に人の気配があった。

「むっ」

振り向くと、旅支度の渡世人が立っている。

三十前と見える精悍な顔つきで、腰に長脇差《ながどす》を落としていた。

「本郷のお錦とかいう女岡っ引だな」

「そういうお前は、誰だ」

腰の後ろに右手をまわして、お錦は問う。

「俺か……俺は、跳馬《はねうま》の仙太《せんた》って旅鴉《たびがらす》よ」

「聞かない名だが」

お錦は、帯に差した十手の柄《つか》を握った。

「筑波《つくば》の弥五郎《やごろう》なら、聞き覚えがあるだろう。去年、てめえが手柄にして獄門台に送った男だ」

「弥五郎の身内か」

自分の顔が強《こわ》ばるのを、お錦は感じる。

「俺と弥五郎は、五分《ごぶ》の兄弟でな――」

仙太は、すらりと長脇差を抜いた。

「てめえを生かしておいちゃあ、冥土《めいど》の兄弟に面目が立たねえんだっ」

「うっ」

お錦は、さっと十手を抜いて構える。

「くたばれっ」

仙太は斬りかかって来た。

お錦は、振り下ろされた刃を、十手で弾き上げる。金属音が響き渡った。

そして、お錦は一歩踏みこむと、十手で男の肩を打ち据えようとした。

が、それよりも早く、仙太の長脇差が振り下ろされる。

「あっ」

お錦は軀《からだ》を捻《ひね》ってかわした――つもりだったが、小袖《こそで》の左肩を斬り裂かれた。

そこから、血が滲《にじ》んでくる。

「ふ、ふ」仙太は嗤《わら》って、

「男の形《なり》して一丁前の岡っ引のつもりだろうが、そいつは思い上がりってもんだ。十手を振りまわすんだって、男と女じゃ力が違うんだよ」

「……………」

お錦は、じりじりと後退した。

左肩の血止めをしたいが、勿論《もちろん》、そんな余裕はない。

ちらっと右の通りの方を見たが、人は通っていなかった。

もしも、通りまで走って逃げようとしたら、背中をばっさりとやられるだろう。

「次は足に斬りつけてやるか。それでもう、逃げられめえ……動けなくなったら、たっぷりと手間暇かけて斬り刻んでやる」

仙太は、血に飢えたような顔つきになっていた。

お錦に向かって、無造作に一歩踏み出す。

その瞬間、何かが飛来して、仙太の左のこめかみにぶつかった。卵大の石であった。

「ぎゃっ」

濁った悲鳴を上げた仙太は、右膝をついて片手で顔の左側を押さえる。

が、同時に、さっと右手の長脇差を水平に振った。

お錦が飛びこんで来るのを、防ぐためであった。何度も修羅場を潜《くぐ》り抜けて来た奴なのである。

「だ、誰だっ」

歯を剝《む》き出しにして、仙太は吠えた。左手の下から、赤い血が滴《したた》っている。飛んで来た石が、こめかみを傷つけたのだった。

「――御府内《ごふない》で長脇差を振りまわすとは、怪《け》しからん奴。その方《ほう》こそ、何者であるか」

姿を見せたのは、若竹色の着流し姿の松平竜之介《たつのすけ》であった。

石を投げつけたのは、竜之介だったのである。

「くそっ」

仙太は、竜之介とお錦を交互に見てから、

「覚えてやがれっ」

捨て台詞《ぜりふ》を残すと、獣《けもの》のような速さで雑木林から飛びだして行った。

「あ、待てっ」

お錦は、それを追おうとしたが、

「無理をするな」

竜之介が手拭いを出しながら、制止した。

「そなたの傷の手当てが先だ。女の身で、傷痕《きずあと》が残ってはいかん。とにかく、肩を見せて見ろ」

「はい……うっ」

お錦は顔をしかめながら、片肌脱ぎになった。

黒の腹掛けをしているから、左肩を見せても乳房は隠されている。

その傷の様子を見てから、竜之介は、手拭いで縛《しば》った。

「ちょうど良かった――と言ってはいかんが」

竜之介は苦笑して、

「この先の本所横網町《よこあみちょう》に、天下一の名医がいる。そこで手当てをして貰おう」

二

「――竜之介殿のことだから」

お錦の刀創《とうそう》を焼酎で洗いながら、弟子《でし》田楼内《だろうない》は言った。

「わしのことを天下の名医とか何とか、大袈裟なことを吹きこんで連れて来たのだろう」

横網町の楼内の家――その診察室である。

「いえ、天下の名医ではなく、天下一の名医と申しました」

部屋の隅に座った竜之介が言うと、

「だから、それは買いかぶりだと言うのに……よし、一針だけ縫おうか」

楼内は、てきぱきと傷口を縫合《ほうごう》する。そして、そこに膏薬《こうやく》を塗った油紙を貼りつけた。

「お前さんは幾つかね」

「十九ですが――」

「そうか。その若さなら、ほとんど傷は見えなくなるだろうから、心配せんでいい」

「有り難うございます」

お錦は丁寧に頭を下げた。楼内は、彼女の左肩に晒《さら》し布を巻きながら、

「竜之介殿。酒でも酌み交わしながら、ゆっくり事情を聞きたいところだが……」

待合室にしている座敷の方へ、顎《あご》をしゃくる。そこには、大勢の患者が順番を待っていた。

「残念ながら大入り満員の札止《ふだど》めで、今日は忙しい」

「わかりました。また、日を改めまして」

竜之介が治療費を払って、二人は楼内の家を出た。

通りに、仮店の古着屋が出ている。竜之介は銀鼠色《ぎんねずいろ》の羽織を買って、遠慮するお錦に着せてやった。

血の滲んだ小袖のままでは、通りを歩くのにも具合が悪い。

「あそこに蕎麦屋《そばや》があるな。中で、ゆっくり話を聞こうか」

「は、はい……」

少し狼狽《うろた》えてお錦が目を伏せたのは、蕎麦屋の二階が男女の逢い引きの場所として使われることを、知っていたからである。

出合茶屋と違って、蕎麦屋ならば入るところを他人に見られても、言い訳できるのだ。

よく肥えた小女《こおんな》に、二階の奥の座敷に通された竜之介は、酒肴《しゅこう》を注文して、

「そなたは蕎麦を頼むか」

「いえ……お酒を頂きます」

小女が退《さ》がると、お錦は座り直した。

「松浦様、危ないところをお助けいただき、有り難うございました」

両手を突いて、頭を下げる。

「いや、そなたが運が良かったのだ」竜之介は笑みを見せた。

「お蓑を殺した者が回向院《えこういん》の裏で自殺したという話を聞いたので、何となく一目見ておこうと思ってな。我ながら、物好きだが」

そのことを竜之介に教えたのは、彼の一の乾分《こぶん》を自称している早耳《はやみみ》屋――情報屋の寅松《とらまつ》である。

「それなのですが——」

お錦は、少し言い淀んでから、

「南町の旦那からは一件落着と言われましたが……あたしは納得できないのです」

「ほう？」

片眉を上げた竜之介に向かって、お錦は、おでん屋の為助の証言や堀田同心に言われたことも説明した。

そこへ、酒肴が運ばれて来る。肴《さかな》は海老の天麩羅《てんぷら》、昆布の素揚げなどだ。

竜之介は、お錦の酌を盃《さかずき》で受けながら、

「しかし、自分で縊《い》死したか、誰かに首を絞められたかは、検屍《けんし》でわかるのではないか」

「はい、普通はそうです——正面から相手の首を絞めようとすると、ここに指の痕が残ります」

自分の首に右手で触れながら、お錦は説明する。

「首吊りを装うために、後ろから縄で締めつけると、相手は苦しがって両手の指先で縄を外そうとしますから、喉に掻きむしった縦の傷痕が幾筋も残ります」

掻きむしると、爪の間にも皮膚片が残る。

また、本当の首吊りなら一瞬で絶命するから、喉を掻きむしるような暇はない。

「つまり、首に掻きむしった痕跡《こんせき》がなかったので、常吉は自殺と判断されたわけだな」

「その通りで……あ、これどうも」

竜之介に酌をされて、お錦は恐縮した。その盃を、きゅっと開けてから、

「ですが、後ろから腕をまわして締め落とすという手があります」

「柔術の絞め技のようなものだな」

「はい。やられる方は、相手の腕を引っぺがそうと掻きむしります。が、これなら傷痕が残るのは相手の腕で、自分の喉じゃありません」

息が詰まって気絶した者なら抵抗しないから、首に縄をかけて木の枝から吊すことは可能である。

すでに死んでいる人間に形だけ首吊りさせても、肌に残る縄の痕跡が違うのでわかってしまう。

だが、気を失ってる人間を吊した場合は、自殺と見分けがつきにくいのだ。

「梯子《はしご》と二、三人の人手があれば、難しい細工じゃございません。相撲取りのような大男なら難儀ですが、常吉は小柄な男ですし」

「うむ……」

竜之介も盃を干して、

「そこで、常吉が呟《つぶや》いていた言葉が重要になるわけだな」

「はい。何で俺がこんな目に、騙しやがって——と言ったのは、誰かに包丁を取り上げられたのではないでしょうか」

その包丁で元の女房のお蓑が殺されて、自分が下手人として町方《まちかた》に追われているということの理不尽さを、常吉は吐き出したのでないか。

「その常吉が、酒と豆腐を注文しながら、急に消えた理由は？」

「屋台の親爺《おやじ》が屈《かが》んでいる隙《すき》に、誰かが背後から常吉に刃物を突きつけ、声を出せないようにして、連れ去ったのでしょう。一瞬で遠くに行くわけはないから、軒下の暗がりか路地に連れこまれて、親爺はそれに気づかなかったのだと思います」

それから、常吉を回向院裏の雑木林に連れこんで、締め落とし首吊りに見せかけて殺したのだろう——とお錦は言う。

「うむ、見事に筋が通っている。そなたは聡明だな」

「……そんな風に言われたのは、初めてでございます」

お錦は、嬉しそうに目を伏せた。

「ところで、お錦」と竜之介。

「そなたの推理が全て当たっているとすると……別の疑問が生じてくる。本当は誰が常吉の包丁で、お蓑を刺し殺したのか。そして、そんな手のこんだ方法でお蓑を殺したのはなぜか――ということだ」

「はい」

表情を引き締めて、お錦は頷いた。

三

「そのことを、あたしもずっと考えていました。お蓑は家持ちの夜鷹で、路上で商売するだけではなく、気に入った客を家へ連れこんでいたようです」

「うむ、そうだ。わしも連れこまれた」

松平竜之介は、屈託なく微笑《ほほえ》む。

「松浦様以外にも、何人かそういう上客がいたわけですが……たとえば、その中に町役人とかお武家がいたら、どうでしょう」

「つまり、身分のある者だな」

「ええ。その客が、うっかり、自分の素性《すじよう》をお蓑に話してしまって、それを後悔しているとしたら……」

「夜鷹を買ったことが世間に知られると、その者は困るわけか」

「お武家だったら……たとえば、公方《くぼう》様やお大名に直《じか》に仕《つか》えるような立場の人なら、最悪の場合、腹を斬らねばならないでしょう」

「うむ……」

自分も現将軍で義父の家斎《いえなり》と直《じか》に盃を交わす仲なので、竜之介は微妙な表情になって頷く。

もっとも、家斎も昔、庶民の女に手を出して花梨《かりん》を産ませたことがあるので、竜之介の華やかな女関係に文句を言ったりはしない。

それどころか、隠し子だった花梨を「四人目の妻にせよ」と勧めるくらい砕けた人柄なのである。

花梨は桜姫の異母妹なのだから、花梨は義妹になるわけで、さすがに艶福家《えんぷくか》の竜之介もこの申し出だけは断らざるをえない。

当の花梨からも、「実の姉妹を裸に並べて可愛がったこともあるくせに、どうして、あたしをお嫁にしてくれないの」と何度か責められている。

それを言われると、全く弁明の余地がないのだが――二人兄弟で育った竜之介には、花梨は手のかかるやんちゃな妹としか思えず、そういう淫《みだ》らな気持ちにはなれないのであった……。

それはともかく――たしかに、将軍家や大名、大身旗本や奥方に仕える武士が、夜鷹を買ったり馴《な》染《じ》み客になっていたとしたら。かなり問題になるだろう。

「町名主や大店の主人なら、夜鷹の馴染み客だったと世間に知れたら、気まずい思いはするだろうが……殺そうとは思うまい。せいぜい、お蓑に金を渡して口止めするくらいだろう」

「でも、お武家なら違いますね」

「そうだな。たしかに御《お》家《いえ》の名に関わることだから、身勝手だがお蓑を口封じに殺そうとしても不思議ではない」

竜之介は、お錦の顔を見つめて、

「そなた……一人でも、夜鷹殺しの絡《から》繰《く》りを調べるつもりだな」

「はい」

お錦は、決意をこめて頷いた。

「頑固で融通がきかない石部金吉《いしべきんきち》のお錦——と陰口を叩かれているあたしですから、納得いくまで探索してみるつもりです」

「その陰口はひどいな」竜之介は苦笑した。

「そなたは頑固なのではない、正義のために、事件の真相を追究したいだけだ。その志《こころざし》は尊《とうと》い」

「松浦様……」

竜之介を見るお錦の目が、潤んでいた。

「世の中には、前科者を適当に縛《しば》って罪を着せてしまう不届きな御用聞きもいると聞く。真の下手人を見つけようと努力するそなたこそ、本当の十手持ちと言えるだろう」

「ああ……」

思わず、お錦は竜之介に躙《にじ》り寄って、その膝に顔を伏せてしまう。

「嬉しゅうございます……そんなに温かい言葉をかけられのは、生まれて初めて」

涙をこぼしながら、お錦は言った。

「あたしが探索のことで意見を言うたびに、仲間から不快な顔をされました……才走《さいばし》った可愛げのない奴とも言われて、女扱いされずに」

「何を言う。そなたは聡明で、こんなにも美しいではないか」

すると、お錦は顔を上げて、

「あたし……綺麗ですか」

涙に濡れた瞳で、竜之介を見つめる。

「うむ、とても綺麗だ」

そう言って、竜之介は顔を近づけた。

お錦は目を閉じて、竜之介のくちづけを受ける。

竜之介に口を吸われると、女御用聞きの軀《からだ》から力が抜けた。

男の舌先が唇を割って侵入すると、

「ん……………」

お錦は、恐る恐る舌を絡めて来る。生まれて初めての接吻なのであろう。

処女の羞恥《しゅうち》と女の激情が綯《な》い交《ま》ぜになって、十九の肉体を燃え上がらせている。

さらに深く舌を使って、竜之介が彼女の唾液を吸うと、お錦は竜之介の首に両腕を巻きつけようとした。

「うっ……」

お錦が顔をしかめたので、竜之介は、唇を離す。

「肩の傷が痛むのか」

「い、いえ……」

お錦は否定したが、竜之介は、にっこり笑って、

「よしよし、急ぐことはない。そなたを愛《め》でるのは、傷が治ってからにしよう」

「はい……」

初体験の覚悟を決めていたお錦は、ほっとしたような、がっかりしたような、複雑な表情であった。

「だが、肩に負担がかからぬようにすれば――」

胡座《あぐら》をかいた竜之介は、お錦を幼児のように膝の上に横向きに座らせる。

そして、藍色《あいいろ》の川並《かわなみ》を履いた太腿《ふともも》の内側を撫で上げる。

股間に達すると、薄布の下には何も付けていないことがわかった。

武家の女が男装をする時には、幅の狭い女下帯《おんなしたおび》を締めたりするのだが、それは庶民の女には馴染みのないものであった。

竜之介の右手の指が、布越しに女の亀裂を撫で上げる。

「あっ……ああ……」

その部分を男に愛撫されるのも、生まれて初めてのお錦なのだ。

さらに、竜之介の指が巧みに動いて、

「――っ！」

お錦は両足を突っ張って、仰《の》けぞった。

淫核を刺激されて、快楽の絶頂に達したのである。

竜之介は、汗で湿った女の額に唇をつけて、

「続きは今度――よいな？」

「は、はい……」

腰が蕩《とろ》けたようになったお錦は、半ば無意識に頷くのであった。

四

その日の夜更《よふ》け――東海道を、二人の男が西へ向かっていた。

「こうも忙《せわ》しない旅立ちじゃあ、岡場所の妓《おんな》と別れを惜しむ暇もありゃしねえ」

そう言ったのは髭《ひげ》の剃り跡の青い、徳之助《とくのすけ》という男だ。

「ははは、おめえが別れを惜しむのは、岡場所の妓じゃなくて、人三化七《にんさんばけしち》の夜鷹くらいだろう」

枡《ます》のように角張った顔つきの茂十《もじゅう》が言う。

「夜鷹の話はやめろよ。少しばかり、気が滅入るじゃねえか」

「そうだな、こいつは俺が悪かった。二人で、夜鷹と元の亭主野郎を始末したばかりだからなあ……」

旅支度をした二人は、三十過ぎのごろつきである。

満月が明るいので、提灯《ちょうちん》の必要はない。

品川宿を通り抜けたのはかなり前で、鈴ヶ森に差しかかったところだ。

ここは、北の小塚原《こつかっぱら》と並ぶ町奉行所の処刑場であった。江戸幕府開府以来、数えきれぬほどの罪死人の血を吸った場所だから、陰惨な気が漂っているようだ。

「おい」

急に立ち止まった茂十が、徳之助の袖《そで》を引いた。

「何だ」

「あそこに誰かいる……」

怯《おび》えたような声で、茂十が言った。

「え」

夜の闇を透かして見ると、街道の脇の倒木に腰を下ろしている人影があった。

って、

「だ、誰だっ」

道中差の柄《つか》に手を掛けて、徳之助が言う。すると、ゆっくりと人影が立ち上が
「おう、待っていたぞ」

こちらへ歩いて来た。羽織袴《はおりはかま》姿の中年の浪人者である。

「何だ、中沢の旦那じゃありませんか」

ほっとして、徳之助は柄から手を放した。

「どうしたんです、旦那」と茂十。

「こんなところで、俺たちを待ってたなんて」

「いや、元締から、お前たちが西へ行くと聞いたんで、俺も一緒しようと思ってな。あわてて後を追ったんだが、どうやら、途中でお前たちを追い抜いたらしい。だから、そこに腰を下ろして待ってたのさ」

「旦那も旅に出るんですか」

徳之助が訊《き》くと、中沢源五郎《げんごろう》は腰を擦りながら、

「どうも年のせいか、近頃、腰が重くてかなわん。なので、箱根の温泉で湯治《とうじ》をしようと思ってな」

「そいつはいい。三人で、のんびり温泉に浸かりますか。箱根には湯女《ゆな》もいるだろうし」

「元締から、ほとぼりが醒めるまで半年ばかり江戸を離れて西へ行ってろ——と言いつかったんで、三島辺りでのんびりしようかと、徳と話してたんでさあ。でも、箱根にしばらく居続けも悪くねえ」

茂十も、陽気に言った。

「うむ。では、行くか。金さえ払えば、夜でも六郷川《ろくごうがわ》は渡れる。今夜は川崎泊まりかな」

中沢浪人は歩き出した。徳之助と茂十も、それに続く。

「おっと、草鞋《わらじ》の紐が緩んだ。先に行ってくれ」

「へい」

二人は何の疑いもいだかずに、歩いて行く。

屈《かが》みこんだ中沢浪人は、大刀の鯉口《こいぐち》を切った。

そして、だっと地を蹴って、大刀を抜きながら、二人に迫る。

左側の徳之助を、斜めに斬り倒した。

「がっ」

何が何だかわからないうちに、徳之助は顔面から地面に倒れこむ。

「え？」

振り向こうとした茂十の首を、中沢浪人の剣が薙《な》ぐ。

首筋を斬り割られた茂十は、血柱を噴き上げながら仰向《あおむ》けに倒れた。

「……………」

溜めていた息を吐いた中沢浪人は、血振《ちぶり》して大刀を納める。

それから、息絶えている二人の懐《ふところ》を探って、小判の包みを取り出した。

「二人で百両、確かに返して貰ったぜ」

中沢浪人は薄く嗤《わら》って、小判を懐に入れた。

「西は西でも、西国浄土《さいごくじょうど》へ行くんだな……もっとも、お前たちのような悪党は地獄行きかもしれんが」

それから、拳で腰の後ろを叩く。

「どうも、腰が重いな。そのうち、本当に湯治に行くことにしよう」

そう言って、中沢源五郎は街道を江戸へ引き返した。

残った徳之助と茂十の死骸を嘲笑《あざわら》うように、鈴ケ森の奥で夜鴉《よがらす》が鳴いた。

第三章　片目猫の呪《のろ》い

一

「旦那、旦那っ、上がりますよっ」

そう言って飛びこんで来たのは、早耳屋《はやみみや》の寅松《とらまつ》である。

女御用聞きのお錦《きん》が負傷してから三日後の昼下がり――阿部川町の家に、松平竜之介《たつのすけ》はいた。

そろそろ、お錦の傷は癒《い》えただろうか――と考えながら、煙草を喫っていたところである。

「騒々しいな。どうしたのだ」

笑みを浮かべて、寅松の顔を眺める。

「まあ、こいつを見てくだせえ」

痩せて眉の薄い寅松は、『片目猫の呪い』と書かれた瓦版を差し出した。

瓦版とは、街角で売られる木版刷りの一枚紙で、事件や大事故、災害、孝行話や人情美談、怪談話などを面白可笑《おか》しく書いた読物だ。

中身の信憑性《しんぴょうせい》は様々で、ほとんど出鱈目《でたらめ》な妖怪譚《ようかいたん》などもあるが、そんなものでも庶民は楽しみながら読んでいた。

「片目猫……？」

怪訝《けげん》な面持《おもも》ちで、煙管《きせる》を煙草盆に置いた竜之介は、瓦版に目を通す。

が、次第に真剣な表情になり、もう一度、最初から読み返した。


三年前――小間物商《こまものしょう》・松村の娘で十八歳のおりんが、ふとした過《あやま》ちで野良猫を死なせてしまった。

その猫は片方の目が潰れて、残った目でおりんを睨みつけて息絶えたという。

それが放生会《ほうじょうえ》の日、八月十五日であった。

その一月後の九月十五日、深夜に松村から出火、主人夫婦と下女が焼け死んで、娘のおりんだけが生き残った。

おりんは、親戚の油商・佐野屋に引き取られて、掛人《かかりうど》になった。つまり、居候《いそうろう》である。

ところが、佐野屋の主人の利右衛門《りえもん》は、おりんの父母の一周忌前の八月十五日に、酔って堀割に落ちて溺死《できし》。

佐野屋は左前になり、生活も苦しくなって、とてもおりんの面倒を見るどころではない。

そこで、おりんを同業者の津野屋由兵衛《つのやよしべえ》の後妻にして、厄介払いしたのである。

年齢が二十三も上の夫であったが、おりんとしては他に行くところもないので、断ることは出来なかった。

それに津野屋は大店《おおだな》だったので、暮らしには何不自由もない。

由兵衛も娘のように若い妻を大事にして、ようやく、おりんの人生も落ち着いたように思われた。

ところが、翌年の七月十五日、由兵衛は坂を転げ落ちて来た無人の大八車に轢《ひ》かれて、死んでしまったのである。

両親の月命日の十五日に大事な人間が死ぬ女――おりんは周囲から、まるで死神に憑《つ》かれた女のように思われた。

津野屋は総領息子の由太郎《よしたろう》が主人となったが、義母であるおりんは別宅に移ることになった。

おりんが店にいると、また不幸が訪れるのではないか――と由太郎も番頭たちも恐怖したのである。

ところが先日、女のくせに泥酔したおりんを親切に介抱してやった夜鷹のお蓑《みの》が、元の亭主の常吉《つねきち》に包丁で刺されて死んだ。

その常吉も、町奉行所の手配がまわって逃げられぬと思ったのか、回向院《えこういん》裏の雑木林の中で首を括《くく》って死んだ。

この二人が死んだのが五月十五日、つまり、おりんの両親の月命日だったのだ。

片目猫の呪いは、どこまでおりんに祟《たた》るのであろうか……。


「ふうむ……」

竜之介は、おどろおどろしい片目の猫の絵が入った瓦版を眺めて、

「あの身投げ女の名は、おりんと言うのか――」

「いえ、そこは瓦版屋に訊《き》いてみましたが、仮名ですね。こんな怪談話を何もかも本名で書いてしまうと、町奉行所からお叱りを受けるんで。おりんの本当の名は、お蓮《れん》です」

「お蓮……」

「屋号も少し変えてありますが、知ってる人間なら、すぐに見当はつくようです。ちなみに、津野屋と書いてあるのは本当は角屋《つのや》ですね」

「寅松、実はな――」

竜之介は、三日前に女御用聞きのお錦が渡世人に襲われたのを助けたことや彼女の推理を、寅松に説明する。

「ははあ……なるほどねえ」

寅松は感心して、

「すると、お蓑と常吉が死んだことは、お蓮という後家さんとは関わりないかも知れない、と」

「お蓑の上客の中から真の下手人が見つかれば――だがな。わしは、お錦の推理が正しいように思う」

「死神お蓮の両親の月命日に、お蓑と常吉が死んだのは、偶然ですか」

「お錦の推理通りなら、そうだな――だが、お蓮の話を一応、聞いてみたい」

「そうこなくちゃ」

寅松は張り切っていた。

「お蓮の住んでる別宅の場所は、調べて来ました。あっしも、お供します」

支度をした竜之介が、寅松を連れて家を出ると、

「あ、松浦様――」

嬉しそうに駆け寄って来たのは、女御用聞きのお錦である。

格子縞《こうしじま》の小袖《こそで》に、この前、竜之介が買ってやった羽織《はおり》を着ていた。

まだ生娘《きむすめ》だが、先日、竜之介に口を吸われて秘部を愛撫されたせいか、肌が輝くように生き生きとしている。

「お錦、これのことか」

竜之介が、懐《ふところ》から取り出した瓦版を見せると、

「あら、ご存じでしたか」

そう言って、竜之介と寅松の顔を交互に見る。寅松は、すぐにお錦の表情を敏感に読みとって、

「旦那、あっしは家で留守番をしておりますから」

「そうか、すまんな」

「親分。あっしは、旦那の一の乾分《こぶん》で寅松と申しますんで。うちの大事な旦那を、宜《よろ》しくお願いいたします」

お錦に向かって、丁寧にお辞儀をする。

「わかりました。松浦様を、お預かりします」

嬉しそうに、お錦もお辞儀を返した。

歩き出した竜之介は、

「お蓮の家は、わかっているのだな」

「はい。新場橋《しんばばし》の近く、川瀬石町《かわせこくちょう》です」

肩を並べて歩きながら、お錦は答える。

「なるほど。一石橋《いっこくばし》までは、八、九町というところか」

「そうですね。お蓮は家の近くの店を避けて、少し離れた一石橋の近くで酒を飲んだのかも知れません」

「肩の傷の具合はどうだ」

「おかげさまで、もう大丈夫のようです」

お錦は、左肩を動かして見せた。

「あの楼内《ろうない》先生は、本当に名医ですね」

「うむ」

竜之介は、晴れた空を見上げて、

「今日は、その羽織では暑くはないか」

「いえ、あたしは寒がりですから」

額《ひたい》に汗を浮かべながら、お錦は言った。

二

角屋の別宅は、表通りから路地を入った三軒目の家で、別宅というが五間《ま》に内湯《うちゆ》の付いた立派な造りであった。

後家一人、女中一人の女だけの暮らしだから、周囲は高い板塀《いたべい》に囲まれている。

「あたしは、南町の旦那から十手を預かっている本郷の錦という者ですが、こちらのおかみさんに伺《うかが》いたいことがあって参りました。取次をお願いします――」

お錦が、丁寧に来意を告げた。

「お、お待ちを……」
十三、四歳の素朴な顔立ちの女中は、青くなって引っこむ。そして、すぐに戻って来て、
「あの、どうぞ。お上がり下さい」

だ。

「では――」

お錦と松平竜之介は、客間に通される。家の中の掃除は、行き届いているよう

「わたくしが蓮でございます」

丸髷《まるまげ》の女が、両手をついて挨拶をする。

たしかに、五日前に一石橋で竜之介が身投げするのを止めた女であった。

「こちらの御浪人は、松浦竜之介様とおっしゃいます。おかみさん、松浦様に見覚えはありませんか」

「はあ……」

お蓮は、竜之介の顔を不思議そうに見つめていたが、「あっ」と小さく叫んで、

「もしや、この前、一石橋で……」

「無事に家へ帰り着いたようで、何より」

竜之介が微笑を浮かべると、お蓮は額《ひたい》が畳に触れるほど頭を下げる。

「申し訳ございません、女の身であのような醜態《しゅうたい》を晒《さら》した挙げ句に、命をお助けいただきまして……お礼の申し上げようもございませんっ」

「あの時のことを、覚えているのだな」

「はい……」

恥ずかしさと困惑で、お蓮は顔が上げられないようであった。

主人のその様子を見て、茶を運んで来た女中が立ち竦《すく》んでしまう。

「失礼いたします——」

顔を上げたお蓮は、女中の方を向いて、

「お民《たみ》、入りなさい——あ、それからね」

袂《たもと》から出した小銭を、お民という女中に握らせる。

「お客様との話が長くなりそうだから、お前はこれで好きな物でも食べておいで。日が暮れる前に戻ってくれば、いいから」

「本当ですか」

お民の顔が、ぱっと明るくなった。が、急に怯《おび》えた顔つきになって、

「でも……また、お店《たな》の旦那様や大番頭さんに……」

「大丈夫」とお蓮。

「今度は、お前に内緒で、こっそり家を抜け出したりしないから……約束するよ。だから、心配しないで楽しく遊んでおいで」

「はいっ」

嬉しそうに頷いたお民は、竜之介とお錦にお辞儀をしてから、引っこんだ。

すぐに、下駄を鳴らして出かける陽気な音が聞こえる。

「あの子……この前、私が朝まで戻らなかったんで、芳太郎《よしたろう》さんと大番頭さんにひどく叱られたらしいんです」

極《き》まり悪そうに、お蓮が言う。

芳太郎というのは、後妻のお蓮には義理の息子で、角屋の当代《とうだい》である。

「もし、そなたが身投げしていたら、もっと叱られただろう」

責める口調ではなく、穏やかな声で竜之介は言った。

「そうですね……ですので、本当に松浦様に助けていただいて、感謝しております」

改めて叩頭《こうとう》する、お蓮だ。

「ところで、おかみさん」とお錦。

「夜鷹《よたか》のお蓑の家から出て来た時のことを、少し聞きたいんですが」

「はあ」

「家の近くで、誰か怪しい奴を見かけませんでしたかね。たとえば――三十過ぎの小柄な遊び人風の男とか」

「さあ……」

　お蓮は宙を見つめて考えたが、

「朝、目が覚めた時には、二日酔《ふつかよ》いで頭が痛くて。枕元に置いてあった徳利の水を湯呑みで飲んで、こっそり玄関から出たのですが……」

　すでに、通りは人が行き交っていた。

　なので、お蓮は、なるべく顔を見られないようにしながら、そそくさと家へ戻ったのであった。

「ですので、私、周囲のことを気にかける余裕もなくて……」

「なるほどね」お錦は頷いて、

「お蓑が殺されたことは、ご存じで？」

「はい」

　帯の間から、お蓮は、折りたたんだ瓦版を取り出した。

「さっき、お民がこれを買って来たので」

　寂しげな表情になって、言う。

「そこに書いてある元の亭主の常吉というのが、三十過ぎの小柄な男なんで」

「そうなんですか……私の呪《のろ》いのせいで、お蓑さんが……」

「それは違うな」

竜之介が、きっぱりと言った。

「ろくでなしの元亭主が別れた女房を殺したことは、そなたには何の関わりもない。悪いのは、常吉だ」

「でも、殺されたのが、私の両親の月命日でございます」

「それは偶然だろう。そなたが気にするのは、わかるが」

「ですが……同じ凶事が何度も続きますと、到底、偶然とは思えません」

「そなたの実家の菊村《きくむら》が燃えたのは失火、佐渡屋《さどや》と角屋の主人が亡くなったのは事故、お蓑のことは元亭主の罪――日付以外は、何の関係ないと思うがな」

「有り難うございます。そんな風に言っていただくと……少しだけ気持ちが軽くなるようでございます」

お蓮は、小袖《こそで》の袂で、そっと目元を押さえた。

「そもそもの話だが、三年前に猫が死んだのは、本当にそなたのせいなのか」

「それは――八幡様のお祭りに行くので、私、髪に買ったばかりのびらびら簪《かんざし》を差していたのです」

びらびら簪とは、簪の頭に細い鎖《くさり》や棒や板の飾りを垂らしたものをいう。

この垂らした飾りが歩く時に華《はな》やかに揺れ動く様から、びらびらと呼ばれるようになったのである。

十八歳のお蓮が差していた簪は、頭の部分が牡丹《ぼたん》の花で、そこから小さな蝶《ちょう》をあしらった銀と金の鎖が垂れている精巧なもの。

歩くと、この金銀の蝶々が、牡丹の花に戯《たわむ》れているように見えるのだ。

その時――女中を供にして通りを歩いていたお蓮に、経師屋《きょうじや》の庇《ひさし》の上にいた野良猫が突然、飛びかかったのである。

きらきらと光りながら動く細工物を、本物の蝶と勘違いしたのかも知れない。

「私、びっくりして、悲鳴を上げて猫を払いのけたんです」

「それは当然だな」

「そしたら、運悪くそこに大八車が通りかかって、地面に落ちた猫の尻尾を轢《ひ》いてしまって……」

「え」お錦が訝《いぶか》った。

「猫の頭じゃなくて、尻尾を轢いたんですか」

「はい、尻尾です。凄い悲鳴を上げて、逃げて行きました」

「それでは、その猫は死んでいないのですね」

「ええ、その時は……」

ところが、翌日、丁稚《でっち》小僧が、「お嬢さん。向こうの路地で、野良猫が死んでましたよ。番太郎さんが片付けたけど、尻尾の潰れた猫です」と言うではないか。

三毛猫だと言うから、その模様を聞いてみると、昨日の猫のように思われる。

「つまり、瀕死《ひんし》の猫が片目で睨んだというのは、瓦版の作り話なのですね？」

観世物《みせもの》小屋の呼びこみと同じで、三尺そこそこの蛇を六尺余りの大蛇と書くなど、瓦版が話を誇張するのは、ごく普通のことであった。

「題名からして、いい加減な出鱈目《でたらめ》だったとは」

「でも、猫が死んだのは確かですし……」

「野良猫なら、何か悪いものを食べたのかも知れないし、元々、衰えて寿命が尽きる直前だったのかも知れぬ」

竜之介が、諄々《じゅんじゅん》と言ってきかせる。

「尻尾を轢かれただけで死ぬようなことはないだろうから、猫の死は、そなたには関わりのないことだ。それに、轢いたのは大八車なのだから、祟《たた》りがあるとしたら、その引き手と押し手の人足へだろう」

「ええ。ですが……」

俯《うつむ》いて、お蓮は言う。

「一月後の十五日の夜更《よふ》けに、台所から火が出て、父も母も亡くなりました。放《ほう》生会《じょうえ》の日に、猫を死なせた私のせいだと思います」

仏教の殺生戒《せっしょうかい》に基づいて、八月十五日に生きもの放つ儀式を放生会と呼ぶ。

商売人が橋の端に盥《たらい》を置いて、小さな鰻《うなぎ》や亀を泳がせておく。

これを、通行人が三文《さんもん》払って、鰻や亀を川へ解き放ち、功徳《くどく》を積むというわけだ。

生きものを救済すべき日に猫を殺したのが、両親の亡くなった原因だ――この時代の信心深い娘が、そのように思いこむのは、無理のないことであった。

「店は商品ごと丸焼けで土地は借りもの、わずかに残った売掛金は、生き残った奉公人に分けてやったら、なくなってしまいました」

それで、無一文のお蓮は、親戚の佐渡屋に引き取られたのである。

「何も出来ない掛人《かかりうど》の身で、居心地は良くありませんでしたが……雨風が凌《しの》げて三度の食事がいただけるだけ、私は幸せだと思っておりました。ところが――」

翌年の八月十五日――佐渡屋を不幸が襲ったのである。

三

佐渡屋の主人・喜右衛門《きえもん》は、普段はほとんど酒を飲まず、碁が趣味という人物であった。

その夜も、取引先から代金を受け取った喜右衛門は、その金を手代に預けて店へ返し、自分は浅草の碁会所に寄ったのである。

一刻《いっとき》——二時間ほどしてから、喜右衛門は碁会所を出たのだが、そこから先の足取りがわからない。

主人の帰りが遅いので、心配した佐渡屋の奉公人たちが、あちこちを捜しまわった。

すると、自身番に身元不明のホトケが置かれている——という話を手代が聞きつけた。

行って見ると、まさしく、それは喜右衛門だったのである。

「たらふく酒を飲んで泥酔し、新堀川《しんぼりがわ》に落ちたのだ。溺死であることは、検屍《けんし》で確認している」

係の同心は、そっけない口調で説明した。

「しかし、旦那様はほとんど下戸《げこ》で、酒は大してお飲みにならないので」

「それは、我々に関わりないことだ。大体、主人を一人にしたお前たちの責任もあるのだぞ」

「それはお叱りの通りでございますが……主人は一体、どこで誰と飲んだのでしょうか」

「うるさいな。知りたくば、自分たちで料理屋でも居酒屋でも聞いてまわればいいだろう。我々は忙しいのだ。さっさとホトケを引き取って帰れ」

けんもほろろの扱いで、手代は追い払われた。

仕方なく座棺《ざかん》と大八車を手配して、喜右衛門の遺体は帰宅したのである。

通夜が済んで、翌日、遺体は菩提寺《ぼだいじ》に埋葬されて、店へ戻った佐渡屋の一同が疲れ果てて放心したようになっていた時――訪ねて来た者があった。

五十絡みの、したたかな顔つきをした町人である。

「わたくしは四谷《よつや》で金貸しをしている、利兵衛《りへえ》と申しますが――」

五年前に故人に二千両を用立てしたが、それに利息が積もり積もって三千両になっている、本人が亡くなった以上、これを返済して貰いたい――という申し出である。

後家になったお北にも番頭たちにも、これは青天《せいてん》の霹靂《へきれき》であった。

しかし、借金証文《しょうもん》を見ると、たしかに喜右衛門の署名がある。

「さすがに通夜の席で取り立ても出来ませんので、埋葬が済むまで遠慮しておりました。どうぞ、速やかに返済をお願いいたします」

利兵衛は頭を下げた。供の参太《さんた》という手代も、頭を下げる。

「しかし、いきなり三千両と言われても……」

お北が当惑していると、

「失礼ですが、こちらは、油商としては江戸でも十指に入ろうという大店《おおだな》でございましょう。たかが三千両で、身代《しんだい》が傾くようなことはないと思いますが」

口調は丁寧だが、さすがに高利貸しだけあって、じわりじわりと圧力をかけて来る。

「佐渡屋さんともあろう大店が、借りた金も返せなかったとあっては、世間の物笑いになると存じますが」

「少し待って下さい――」

お北は奥に引っこんで、番頭や手代と額を付き合わせて相談した。

「五年前というと、大口の取引先が潰れて売掛金が回収できず、難儀していた時でございますなあ」

老番頭がそう言うと、手代も頷いて、

「それで旦那様は、わたくしどもに内緒で高利貸しに頼ったのでしょうか」

佐渡屋の身代は、蔵の品物や家作、売掛金などを合わせれば、一万両近い。

しかし、現金で三千両を払うためには、それらの一部を整理しなければならず、なかなかの痛手である。

「とにかく、今日のところは一部金を渡して、引き取って貰いましょう」

番頭が二百両を用意して、「残りは後日」ということで、利兵衛から受け取りを貰った。

そして、十日ばかり後に、残りの二千八百両を支払ったのである。

「有り難うございます。では、これはお返しいたします」

借金証文を置いて、利兵衛は帰って行った。

それから、お蓮は後家のお北に呼ばれて、

「お蓮さん――お前も聞いているような次第で、この店も懐《ふところ》が苦しくなって来た。番頭さんたちは頑張って店を建て直すと言っているが、それは容易なことじゃない」

「はい……」

お蓮は自分が邪魔者扱いされているのだと、はっきりわかった。

「それで相談なのだけど――お前、嫁に行く気はないかね」

「嫁入り……どちらへでしょうか」

「角屋さんだよ。うちと同業で、江戸では五本の指に入る大店さ」

そういえば、会ったことはないが角屋の総領息子の芳太郎は、お蓮より二歳上の二十一だという。

「ですが、角屋の芳太郎さんには許嫁《いいなずけ》がいると聞いておりますが」

「いえ、いえ。総領息子の方ではなく、四年前におかみさんを亡くした当代の角屋さんですよ」

「え」

お蓮は啞然《あぜん》とした。

嫁入りの相手が角屋芳右衛門《よしえもん》ということは、つまり、後妻である。

「たしか、角屋さんは四十…」

「四十二」

お北は笑みを見せて、

「厄年《やくどし》だけど、たいそう壮健だそうですよ。だから、夫婦のことも心配いらない、と……ほほほ」

初婚なのに後妻に行けというのもひどいが、相手が二十三も年上というのは驚きであった。

男識《し》らずの処女だから、お蓮は返事も出来ず、固まったようになってしまう。

「おや、気にくわないのかい」

お北の表情が、急に冷たくなった。

「たしかに、お前の父親とうちの人は親戚だけど、又従兄弟《またいとこ》だから血の繋がりはさして濃くはない。だけど、親戚の中でうちが一番裕福だからと言われて、みんなからお前を押しつけられたんだよ」

「……………」

「さっきも言って聞かせたように、うちは奉公人を整理しようかと思うほど苦しい。だからといって、掛人《かかりうど》のお前を道端へ放り出そうと言うんじゃないんだ。うちよりも物持《ものも》ちの大店へ嫁がせようというんだから、そんな嫌そうな顔することはないだろう」

「いえ、嫌そうだなんて……」

「そうかい、嫌じゃないんだね。それは良かった」

お北は、にっこり笑って、

「じゃあ、この話は進めさせて貰うよ」

どうやら、三千両の現金を工面するのと並行して、この再婚話は進められていたらしい。

その翌日には仲人《なこうど》が来て結納《ゆいのう》が行われ、五日後には祝言《しゅうげん》となった。

祝言といっても、息子より若い後妻を貰うのだから、一応、内々の集まりにしたのだが、そこは大店の角屋である。芸者や幇間《ほうかん》まで動員されて、賑やかな宴《うたげ》となった。

そして、床入《とこい》りとなる。

幸いにも、角屋芳右衛門は脂ぎった中年男ではなく、趣味人風の粋《いき》な外見であった。吉原遊廓にも、通い慣れているという。

「お蓮、心配しなくていい。生娘《きむすめ》のお前に決して手荒なことはしないから、安心しなさい」

「は、はい……ふつつかな嫁でございますが、宜《よろ》しくお願いいたします」

「うん、うん」

芳右衛門は上機嫌で、

「店の中の采配は、女中頭《がしら》のお繁《しげ》が万事心得ているからね。お前は寺参りでも芝居見物でも、好きなことをしていればいいのだよ」

そう言って、お蓮の帯を解いたのである……。

が、半刻ほど後——芳右衛門は苦虫を嚙み潰したような顔で、煙草を喫《す》っていた。

「全く、何ということだ。嫁が石仏《いしぼとけ》とは」

破華《はか》を終えたお蓮は、横向きになって両手で顔を覆っている。

石仏とは、閨《ねや》で何の反応も示さない女のこと言う。現代でいうところの〈不感症〉である。

遊び慣れている芳右衛門は、淫技の限りを尽くして十九の処女を燃え上がらせようとしたのだが、その肉体は冷たいままであった。

女性の花園から、愛汁《あいじゅう》も分泌されない。

苛立《いらだ》った芳右衛門は、濡れていない秘部を、強引に貫いた。

お蓮は悲鳴を上げたが、約束に反して芳右衛門は荒々しく動き、行為を終了した。

血の滲《にじ》んだ始末紙を見れば、お蓮が生娘であったことは間違いない。

しかし、男としては、何とも味けのない初夜になったわけだ。

「人形同然の嫁に、千両か……大損だったな」

その言葉は、お蓮の胸を刺し貫いた。

佐渡屋のお北は、角屋芳右衛門から千両を借りて、その代償としてお蓮を後妻に送りこんだのである。つまり、人身御供《ひとみごくう》というわけだ。

このようにして始まった夫婦関係が、上手くいくわけがない。

そして、角屋の全員が、お蓮が金で買われた後妻であると知っているので、その態度は冷ややかであった。

閨の中で夫婦和合していれば、それが周囲にも伝わって、お蓮の地位が上がっただろう。

しかし、何度、性交を重ねても、お蓮は石仏のままであった。

最初は若い女体を弄《もてあそ》ぶことに意欲を示していた芳右衛門だった。

だが、あまりにもお蓮の反応が乏《とぼ》しいので、男としての誇りを傷つけられたらしい。

同衾《どうきん》しても何もしない夜が続いて、年を越すと、芳右衛門の吉原通いが再開された。

それによって、さらにお蓮に対する周囲の態度が、厳しくなった。

針の筵《むしろ》に座らされたようなお蓮だが、さらに、次の不幸が彼女を襲った。

七月十五日、芳右衛門が亡くなったのである。

四

その日――角屋芳右衛門は、羽織袴《はおりはかま》姿で手代の庄助《しょうすけ》を連れて出かけた。取引先である旗本の野村家で、隠居の喜寿《きじゅ》の祝《いわい》があるので、それに出席するためである。

赤坂の溜池《ためいけ》の東南、川越藩十七万石の上屋敷の北側に、汐見坂《しおみざか》という坂があった。

その坂の下まで来た時である。

芳右衛門主従の少し後ろを杖《つえ》をつきながら歩いていた老婆《ろうば》が、「う……」と呻《うめ》いてしゃがこんだ。

二人が振り向くと、老婆は苦しそうに胸を押さえている。

どうしましょう――という顔で、庄助は主人を見た。

芳右衛門にとっては、身も知らぬ貧しそうな老婆《ろうば》よりも、旗本屋敷の喜寿の祝の方が何百倍も大事である。

しかしながら、ここで老婆を見捨てて行くと、長寿の祝に出る身としては、いささか験《げん》が悪いようにも思えた。

「介抱してあげなさい。少し遅れても、野村様は事情を話せば許してくださるだろう」

「はい――」

庄助は戻って、しゃがみこんで老婆に話しかけた。

芳右衛門は所在なく、坂を背にして、それを見ていた。

汗を拭こうかと、懐《ふところ》の手拭いに手を伸ばした――その時、ごろごろと雷鳴のような音が轟《とどろ》き渡った。

驚いて芳右衛門が振り向くと、無人の大八車が、こちちへ後ろ向きで突進して来るではないか。

それは、十尺と呼ばれる最も大きな大八車であった。

荷台には、建物の礎石《そせき》にする切石《きりいし》が山積みになっている。

逃げる暇はなかった。

「ぎゃっ」

芳右衛門は、車台の後部に藁《わら》人形のように撥《は》ね飛ばされる。

さらに、大八車が横転し、積荷の切石が倒れた芳右衛門の上になだれ落ちた。

「だ、旦那様っ」

もうもうと土煙が立ちのぼる中を、庄助は、芳右衛門に駆け寄った。

幾つもの切石の下敷きとなった芳右衛門は、大量の血を吐いていた。

助骨《ろっこつ》が折れて、内臓に突き刺さっているのだろう。

「しっかりしてください、旦那様っ」

庄助は必死で、重い切石を横へずらす。

しかし、芳右衛門は返事もなく、ぴくりとも動かなかった。

「大丈夫かっ」

周囲から男たちが駆けつけて、庄助の加勢をし、切石を取り除いた。

そして、通りがかりの医者が芳右衛門を診《み》たが、庄助の方を見て、

「気の毒だが――心の臓が止まっている。腕や頭の骨も折れているようだ」

そう告げると、庄助は、わっと泣き出して遺体に取りすがった。

その様子を見て、周りの人々も涙ぐむ。

いつの間にか、例の老婆の姿は消えていた……。


「佐渡屋の旦那様が堀で溺《おぼ》れて亡くなった次の年に、私の夫である角屋芳右衛門が事故死しました……それが七月十五日、私の両親の月命日でございます」

お蓮が力のない声で言う。

「芳太郎さんが喪主となって弔《とむら》いを済ませると、私はお民を付けて、この別宅に住むように言われました。お店《たな》に置いていたら、月命日にどんな凶事が起こるか、わからないからでしょう」

「で、その大八車の人足たちは?」

松平竜之介が尋ねると、お蓮は首を横に振って、

「みんな、逃げてしまったそうです。それというのも、積んでいた切石は普請場《ふしんば》から盗み出したものだそうで……ですから、人足たちの素性《すじょう》もわかりませんでした」

「坂の途中で、あまりの重さに大八車が後退し始めたんで、盗人《ぬすっと》たちは逃げてし

まったんでしょうね」

お錦が言う。

「角屋の旦那は、死に損になってしまったわけです。何とも、お気の毒な……」

「しかも、お店では、変な人が押しかけたそうです」

「変な人と言いますと？」

「つまり、旦那様の——」

お蓮は言いにくそうに、

「隠し女らしいです」

「え、隠し女……」

お錦と竜之介は、顔を見合わせた。

角屋芳右衛門は、若い後妻を貰って一年も経たないうちに、妾《めかけ》をこしらえていたのか。

「うちのお民と同じか、それより若い娘だそうで……」

「あの女中よりも若い……？」

呆《あき》れ果ててしまう、お錦だ。

五

芳右衛門の弔《とむら》いから半月ほど後――角屋に押しかけたのは、熊蔵《くまぞう》という柄《がら》の悪い男で、名前の通り胸毛が密生していた。

十三くらいの小太りの女の子を連れてやって来て、

「これは、俺の妹でお菊というのだ。腹に子がいる」

「それが何か……」

大番頭の政吉《まさきち》が眉をひそめると、

「ここの旦那の子だよ。つまり、隠し子さ」

「何ですって」

政吉は驚愕した。

「おっと、今の旦那じゃねえ。先代だ。この前亡くなった芳右衛門さんが、俺の妹を孕《はら》ませたわけだ」

「ちょっ、ちょっと待って下さい……」

店先で言い合いするわけにはいかないから、政吉は、熊蔵とお菊を奥の客間に通した。

そして、新しい主人の芳太郎と一緒に熊蔵の話を聞く。

彼によれば、お菊は吉原の大門《おおもん》の前で辻占煎餅《つじうらせんべい》売りをしているのだという。

それが今年の正月に、ほろ酔い加減で大門から出て来た芳右衛門が、「それを全部買ってやろう」とお菊に言った。

そして家が近くにあると聞くと、「すまないが、酔ってるので、お前の家で一刻ほど休ませてくれないか。休み賃として、一朱《いっしゅ》払おう」と持ちかけた。

お菊は喜んで、芳右衛門を荒ら家へ案内した。

すると、芳右衛門は、お菊に襲いかかったのである。

驚いて抵抗するお菊の耳に「一両あげるから、静かにしなさい」と言いながら、芳右衛門は、少女を手籠《てごめ》にしたのだった。

事が終わって満足した芳右衛門は、約束通りに小判を一枚渡して、

「やはり初物《はつもの》はいいねえ……私は芳右衛門という。また、一両あげるから、今夜のことは誰にも言ってはいけないよ」

そう口止めして、引き揚げたという。

それから、月に一度は、芳右衛門はお菊を玩具《おもちゃ》にしたのである。

ところが、五月になると、どうもお菊は吐き気がしたりして、体調がおかしいと感じるようになった。

それを芳右衛門に話すと、彼は顔色を変えて五両を差し出して、「これで医者に行きなさい」と言ったという。

そして、熊蔵がお菊を連れて医者へ行くと、身籠《みご》もっていると告げられたのであった。

驚いた熊蔵は、芳右衛門を呼び出して談判した。

「年端《としは》もいかねえ妹を手籠にした挙げ句に、孕ませやがって。さあ、今から自身番へ行って、町方《まちかた》の旦那に縛《しば》って貰うから、覚悟しろ」

「いや、そればかりは……」

平謝りに謝った芳右衛門は、手持ちの十数両を差し出した。

そして「お菊が男の子を産んだら、暖簾《のれん》分けする。女の子を産んだら、養育費として二千両を渡す」と書かれた紙に、署名させられたのである……。

「お菊が無事に子を産んでから、また話をしようと思っていたら、とんだ不幸で旦那が亡くなったと聞いた。香典を持って来るのが筋だが、その前に、先代の生前の約束証文《しょうもん》を今の旦那に確かめて貰いたくてね」

「いや…その……」

芳太郎は焦《おせ》りながらも、

「署名は確かに御父《おと》つぁんのものだが……証文の字は全く違いますね」

「俺の字だもの。金釘流《かなくぎりゅう》さ、立派なものだろう」

熊蔵は胸を張った。お菊は黙りこんで、一言も喋らない。

「しかし、藪《やぶ》から棒に隠し子と言われても……」

「ああ、そうかい」

軽く頷いた熊蔵は、にやりと嗤《わら》って、

「その証文が贋物《ニセ》だというわけだ。かまわないよ、俺は水掛け論をするつもりはねえ」

「と、言いますと……」

「この証文を持ってお菊を連れて、俺は町奉行所に訴え出る」

「えっ」

「俺が騙《かた》りか、角屋の先代が手籠の下手人か——御奉行様に白黒つけて貰おうじゃないか。さぞかし、江戸中で瓦版が飛ぶように売れるだろうよ」

瓦版で最も売れるのは、男女の色情絡みの事件の読物なのであった。

「しばらく、しばらくお待ちを」

奥へ引っこんで、芳太郎と政吉は相談した。

角屋の先代が女の子を強姦《ごうかん》したなどという醜聞《しゅうぶん》が、世間に流されたら大変である。

しかも、二十以上年下の後妻を貰ったばかりで、芳右衛門の色好《いろごの》みは世間も知るところであった。

醜聞が広まったら、大半の者は事実だと思うだろう。

「旦那様。仕方ありません、金でけりをつけましょう」

「うむ……どう考えても、それしかないようだ」

客間へ戻った芳太郎たちは、二千両の手切れ金を渡すと、熊蔵に提案した。

その代わり、男児だろうが女児だろうが、産まれてくる子は角屋とは何の関わりもないという証文を入れて貰う――という条件だ。

「いいとも。じゃあ、俺の金釘流を見せてやるから、紙と筆を用意しな」

手切れ金の受け取りの証文を書いて、熊蔵は、例の証文を芳太郎に渡した。

そして、二千両箱を軽々と肩に担ぐと、大儀《たいぎ》そうなお菊を連れて、意気揚々と引き揚げたのである。

芳太郎と政吉は、早速、芳右衛門の署名のある証文を火鉢で燃やした。

こんなものを残して置いて、誰かに見られたら大変だからだ……。

「――しかし、一部始終をお茶を出した女中のお豊《とよ》が盗み聞きしていて、それをお民に教えてくれたんです」

「ふうむ……」

芳右衛門の所業に呆《あき》れ果てて、竜之介は言葉が出なかった。

「私には、旦那様がそんな真似をしでかしたのも、片目猫の呪《のろ》いのような気がするんです。そして、今年の六月十五日が近づいたら、何とも居たたまれなくなって……」

「実家の火事が九月十五日、佐渡屋の旦那の溺死《できし》が八月十五日、角屋の旦那の事故死が七月十五日……だから、今年は六月十五日が危ないと思ったんですね」

お錦の指摘に、お蓮は頷いた。

「ええ……私さえ死んでしまえば、誰にも呪いがかからなくても済むのでは――と思って」

「それで、十四日の夜に泥酔して、身投げをしようしたのか」

「はい……」

お蓮は項垂《うなだ》れる。

「わかった」と竜之介。

「そなたが今、胸の中で考えていることは間違いだと、わしとお錦が証明してやろう」

「え」

「自分が死ななかったから、十五日にお蓑と常吉が死んだ——その考えが間違いだ。二人の死の裏には、何か事情があるらしい」

「まあ、それは一体……」

「何かは、まだ、わからぬ」

竜之介は、頼もしい笑みを見せて、

「だが、必ず、片目猫の呪いを断ち斬ってみせる——と約束しよう」

「本当でございますか」

「武士に二言はない」

その言葉を聞いて、お蓮の顔に希望の表情が浮かんだ。

「——遅くなりました」

まだ明るいが、女中のお民の声が、玄関の方から聞こえて来た。

第四章　夫婦死客人《めおとしかくにん》

一

「――頼むよ」

茂平《もへい》が、空の徳利を差し出すと、

「また四合かい」

酒屋の主人が訊《き》いた。

そこは、麻布の白銀台町《しろがねだいまち》にある酒屋で、土間で立ち呑みも出来る造りになっている。

仕事を終えた職人や人足などが、小皿の赤味噌を肴《さかな》にして湯呑みで飲んでいた。

「近ごろ、量が増えたね」

「この年になると、寝床で嫌なことばかり思い出しやがる……酒でも飲まないと、寝つけねえのさ」

　苦笑して、茂平は言った。

「酒屋の親爺《おやじ》が言うことじゃないが、ほどほどにな」

「有り難うよ」

「ああ、そう言えば——去年だったか、ここで飲んだくれて皆に絡んだ茂十《もじゅう》って野郎がいただろう」

「ああ、枡《ます》みたいな四角い顔の奴だったな」

　すると、主人は声を低めて、

「死んだとよ」

「へえ……」

「何日か前の夜に、仲間の徳之助《とくのすけ》という奴と、鈴ヶ森で斬られていたらしい。懐《ふところ》が空っぽだったそうだから、物盗りの浪人にでもやられたんだろうな。どうも、近ごろは物騒でいけねえ」

「全くだ」

　徳利を受け取って代金を払うと、茂平は店を出た。

　そこに置いてあった荷箱を担いで、徳利を下げた茂平は、東へ通りを歩き出す。

六十近い茂平は、路上で包丁や鋏《はさみ》を研《と》ぐ研ぎ屋なのであった。腕の良い研ぎ屋で、「茂平さんでなければ」と彼が来るのを待っている馴染み客も多い。

ある大店《おおだな》の主人などは、「これほどの腕があるなら、私が援助するから、どこかに店を持ったらどうかね」と勧めてくれたほどだ。

だが、茂平は「旦那様、有り難うございます。ですが、わたくしは自分の身のほどを知っておりますので」と丁重に断ったそうである。

白金村の畑の中の道を歩きながら、茂平は西の空を眺めた。あと半刻《はんとき》もすれば、陽が沈むであろう。

茂平は、白金村の木立の中へ入っていった。

そこに、小さな二階建ての家がある。茂平は伝手《つて》があって、この家を格安で借りているのだった。

「今、帰ったよ」

家へ入った茂平は、二階に声をかけてから、荷箱を下ろした。

台所で手を洗ってから、徳利と湯呑み、炒子《いりこ》の小皿を盆に乗せて、二階へ上がる。

「どうだい、調子は」

二階の四畳半には夜具が敷かれて、そこに中年の男が胡座《あぐら》を掻いていた。胸元に、長脇差《ながどす》を抱えこんでいる。

「おかげで、まあまあだ」

茂平の顔を見て、ほっとした男は、長脇差を枕元へ置いた。

頭に晒《さら》し布を巻いたこの男は、三日前にお錦《きん》を襲った跳馬《はねうま》の仙太《せんた》である。

回向院《えこういん》裏から逃走した仙太は、手拭いで応急の血止めをして廃屋に隠れた。

そして、夜が更《ふ》けてから、白金村の茂平の家へやって来たのだった。

旧知の間柄の茂平は、すぐに仙太を中に入れて、傷の手当をしてやったのである……。

「仙太さん、これを見てみな」

茂平は、仙太の顔の近くで右の人差し指を立てる。

「何本に見えるね」

「一本だな」

仙太は真面目に答えた。

「うむ……」

茂平は、その指を右へ左へと動かす。仙太の目が、それを追った。

「大丈夫のようだな」

茂平は、少し笑った。

「頭の怪我《けが》は、後から重い障《さわ》りが出て来ることがあるから、気をつけないといけねえ」

そう言って、徳利の酒を湯呑みに注いでやる。

「すまねえな」

仙太は喉を鳴らして、半分ほど飲む。

「ちょっと、傷を見てみるぜ」

茂平は、仙太の頭に巻いた晒し布を解いて、そっと膏薬《こうやく》を塗った油紙を外した。

そして、こめかみの傷痕《きずあと》を見る。

「うまく塞《ふさ》がったようだ。骨に罅《ひび》も入ってないようだしな」

「とっつぁんのおかげで、助かったぜ」

「礼を言われるほどのことじゃねえ」

炒子を摘まんで、茂平は言った。

「昔、信州の佐久《さく》で酔っ払いの浪人に斬られるところを、お前さんに助けて貰ったんだからな……ほんの恩返しさ」

「兄弟分の弥五郎《やごろう》が死んじまったから……俺がこの世で信用できるのは、とっつぁんだけだよ」

仙太は、しみじみと言った。

「で――これからどうするね」

「無論、あの女岡っ引のお錦を叩っ斬る。俺に石を投げつけた浪人野郎もな。そうしなきゃ、腹の虫がおさまらねえ」

怒りを両眼に滾《みなぎ》らせて、仙太は言った。

「止めて聞くお前さんじゃねえ、好きにするさ」

茂平も酒を飲んで、

「だが、そのこめかみの傷は目立つな。手拭いで頬被《ほおかむ》りをした方がいい」

「うむ……」

「それと、長脇差もやめとけ。旅支度の渡世人がお錦を襲ったということは、江戸中に手配されてるだろう」

渡世人は、旅の途中ということであれば、腰に道中差を帯びたまま江戸の町中を歩くことを、黙認されている。

だが、町奉行所の下請けである御用聞きを殺そうとしたのだから、今は渡世人に対する取締が厳しくなっているはずだ。

「長脇差は筵《むしろ》で巻いて、背負うよ。何かあったら、懐の匕首《あいくち》を使う」

「そうだな」

「たとえ町方《まちかた》に捕まって石を抱かされても、とっつぁんのことは言わねえから、安心してくれ」

「そんなことは気にしちゃいない。俺は、こんな年寄りだからな。別に、この世に大して未練があるわけじゃねえ……」

寂しげな顔つきになる、茂平であった。それから、湯呑みの酒を飲み干して、

「さあて……酔って寝こんじまわないうちに、晩飯でも作るか。今日は、味噌煮のうどんにしよう」

そう言って、茂平は階下へ下りていった。

残った仙太は、窓から白金村の畑を見つめて、

「お錦……待ってろよ。必ず、てめえを仕留めてやるぜ」

そう呟《つぶや》くのだった。

「お錦。勝手に、そなたと一緒に片目猫の呪《のろ》いを断ち斬って見せる――と言って、悪かったな」

「いえ、そんなことは」

「だが、ああでも言っておかないと、お蓮《れん》は、また自殺しそうに見えたのでな」

江戸橋の北、本銀町《ほんしろがねちょう》の料理茶屋〈辰巳屋《たつみや》〉――その座敷に、松平竜之介《たつのすけ》とお錦はいた。

女中のお民《たみ》が早めに戻って来たので、竜之介たちは安心して帰ることが出来たのだ。

外は、しとしとと雨が降り出している。

「松浦様――」

銚子を手にして、お錦は訊《き》いた。

「先ほどのお蓮の話を、どう思われますか」

「そうだな」

酌を受けながら、竜之介は言う。

「お蓮にも申したが、毎年起こった凶事は、やはり偶然だと思う。ただ……日付が必ず月命日の十五日というは、確かに奇妙だな」

「猫が死んだのが放生会《ほうじょうえ》の八月十五日、菊村《きくむら》の火事が九月十五日、佐渡屋《さどや》の主人が溺死《できし》したのが八月十五日、角屋《つの》の主人の事故死が七月十五日、そして――お蓑《みの》と常吉《つねきち》が死んだのが五月十五日。合計で五回になりますね」

指を折って、お錦が言う。

「一回、二回ならともかく、五回もあると、偶然だけでは片付かない気もします」

「偶然でないとしたら、誰かが企《たくら》んだことだとでも言うのか」

鯉《こい》の洗いに箸を伸ばしながら、竜之介が訊いた。

「それも考えてみました」とお錦。

「全てのことに下手人がいて、そいつが野良猫をけしかけた、菊村に付火《つけび》した、そして、佐渡屋に酒を飲ませて堀に突き落とした……」

「三年がかりでそんな手のこんだことをして、その下手人に何の得があるのだろう」

「たとえば、昔、お蓮に付《つ》け文《ぶみ》でもして、断られた奴とか」

「ふうむ……」

　酒を口に含んで、少しの間、竜之介は考えてみたが、

「野良猫のことや付火は、一人でも出来る。しかし……切石《きりいし》を積んだ十尺の大八車を汐見坂《しおみざか》まで上げるのは、人足が六人は必要だろう」

「そうですね」

「それだけの人間を雇って口止めするには、金もかかる。そこまでお蓮に執着する奴がいるとしたら、相当の異常者だな」

「あたしも、無理筋だと思うんですが……」

　お錦が苦笑した。

「いや」と竜之介。

「そうやって、色々と筋道を考えてみることは大切だ。全ての凶事に下手人がいる——これが頭の隅にあれば、他の御用聞きが見逃すような手がかりでも、そなたは気づくかも知れぬ」

「そう言っていただくと、とても嬉しゅうございます」

　頬を赧《あか》らめて、お錦は言う。

「あたしが思いついた推測を話し出すと、うんざりした顔をされることが多いの

で。女らしくない、と」

「女の身で十手を持っていると、そういう苦労もあるのかな」

竜之介は、お錦に酌をしてやる。

「これはどうも……あたしの死んだ御父《おとっ》つぁんも、御用聞きでした」

父親の晋八《しんぱち》は脚気《かっけ》気味で、歩くのが大儀になっていた。

そこで、お錦が代理で現場へ行って、見聞きしたことを父親に報告し、下っ引への指図《さしず》を仰《あお》いでいたのである。

そうこうしているうちに、お錦の知恵で事件が解決することが何度かあり、ついに、南町奉行所同心の堀田泰蔵《ほったたいぞう》から正式に十手と手札を貰うことになったのだ。

その三日後に、晋八は安心したように息を引き取ったのであった……。

「そうか。父御《ててご》は、そなたを誇りに思っていることだろう」

「松浦様……」

お錦は竜之介の肩に頬を置いて、羞《はず》かしそうに、

「あの……肩の傷は治りました」

「うむ、では、そなたを愛《め》でても良いのだな」

「はい……」

頷いたお錦は、目を閉じて顎《あご》をもたげた。
竜之介は、その口を優しく吸ってやる。
「んぅ……」
横座りになったお錦は、切なげに太腿《ふともも》と太腿を擦り合わせた。
竜之介は唇と舌の愛戯を続けながら、お錦の帯を解いた。
羽織《はおり》も小袖《こそで》も肌襦袢《はだじゅばん》も脱がせて、黒い腹掛けと藍色《あいいろ》の川並《かわなみ》という姿にする。
その腹掛けを取り去ると、碗を伏せたような形の良い胸乳《むなぢ》が剝《む》き出しになった。
男を識《し》らぬ乳輪は、蜜柑《みかん》色をしている。
竜之介は、右の乳頭を舐めてやった。
「ひっ」
小さく叫んで、お錦は軀《からだ》を震わせる。
竜之介は、膝の上に横たえたお錦の乳房を、丁寧に愛撫してやった。
それだけで、敏感な処女の秘華は、透明な蜜液を溢れさせたようである。
そして、竜之介は、お錦の足を膝が胸につくまで折り曲げさせた。
赤ん坊の襁褓《おしめ》を替える時の姿勢と、同じである。
そして、竜之介は、腰の後ろから、するりと川並を脱がせた。

淡い恥毛に帯状に飾られた処女の花園だけではなく、後ろの排泄孔《はいせつこう》まで丸見えになる。

「ああ……」

お錦は真っ赤になって、両手で顔を覆った。

全裸になった彼女を畳の上に寝かせると、軀を二つに折り曲げた状態で、竜之介は女の部分に顔を近づける。

甘露《かんろ》を含んだ赤っぽい亀裂を、舌で舐め上げた。

「ひあっ」

羞恥《しゅうち》と快楽の入り混じった声を上げるお錦のそこを、竜之介は、時間をかけて愛撫する。

お錦の秘部は、透明な愛汁《あいじゅう》を泉のように湧き出させた。

竜之介は手早く着物を脱ぐと、白い下帯《したおび》だけの姿になる。

その下帯も取り去ると、すでに股間の雄物は臨戦態勢であった。

見事な巨根である。

竜之介は、濡れそぼった花園に男根を押し当てた。

そして、一気に貫く。

「……ァァっ‼」

お錦は仰けぞった。

長大な肉の凶器は、処女の肉扉を引き裂いて、その奥まで侵入した。

竜之介は、彼女の足首を両手で摑むと、ゆっくりと腰を使う。

屈曲位で愛姦されたお錦は、最初こそ破華の苦痛に呻いていたが、次第に呻き声に甘さが滲んで来た。

それなりの年齢なので、充分に肉体が熟していたのだろう。

「あ、ああ……凄い、竜之介様……ひっ」

「お錦、素晴らしい味わいだぞ」

「嬉しい……ああ、もっと犯してくださいまし。あたしを滅茶苦茶にしてっ」

両足をかかえこんだまま、お錦は臀《しり》を蠢《うごめ》かした。

それに応えて、竜之介は、新鮮な女壺《によつぼ》を怒濤のように突きまくる。

そして、灼熱の溶岩流を女体の最深部に叩きこんだ。

大量の聖液を受けて、お錦も絶頂に達する。

気を失った女御用聞きの目の端から、一粒の涙が転げ落ちた。

三

「先生、雨が止《や》んだようです」

居酒屋の主人にそう言われて、中沢源五郎《げんごろう》は卓から顔を上げた。

浜町堀《はまちょうぼり》に架かる緑橋の近く――〈たまき〉という店だ。

深夜なので、客は中沢浪人一人である。

「そうか……では、今のうちに帰るとするかな」

腰かけ代わりの空樽から、中沢浪人は立ち上がった。卓の上に一朱銀《いっしゅぎん》を置いて、

「釣りはいらん」

「これは、毎度どうも」

主人は、腰を折ってお辞儀をした。

「傘をお貸ししましょうか。また、ぱらっと来るかも知れません」

「いや、よかろう」

入口で夜空を見上げて、中沢浪人は言う。

「じゃあな。また来る」

「有り難うございます、お気をつけて――」

主人の声を背中に受けて、中沢浪人は歩き出した。

右手は浜町堀で、雨に濡れた夜更《よふ》けの通りは、星空を写して銀色に光っている。

中沢浪人の家は、一町ほど先の亀井町であった。

独り暮らしだから、家と言っても寝に帰るだけで、食事は外で済ませている。

掃除と洗濯は、近所の老夫婦に金を払って、任せていた。

「……………」

中沢浪人は立ち止まった。

路上に人影はないが、殺気が漂っている。

「そこの路地に隠れてる奴……姿を見せな」

低い声で中沢浪人がそう言うと、三、四間《けん》先の左手の路地口から、音もなく出て来た者があった。

三十過ぎの黒っぽい職人風の格好をした大男と、小柄な女である。

女は二十代半ばで、小袖《こそで》の裾《すそ》を上げて脚絆《きやはん》に草鞋《わらじ》という姿だ。しかも、襷掛《たすきが》けである。

「俺に何か用か」

中沢浪人は、大刀の鯉口《こいぐち》を切った。

「あたしは、朝《あさ》」

「俺は夜太郎《よたろう》」

そう名乗った男は、帯の後ろに長脇差《ながどす》を差している。

「朝でも夜でも仕事する、夫婦死客人というわけさ」

お朝は、にんまりと笑った。

死客人とは、金を貰って見も知らぬ相手の命を奪う殺しの玄人《くろうと》のことだ。上方《かみがた》では、闇討ち屋と呼ぶらしい。

「むむ……誰に頼まれて、俺を殺そうというのだ」

「それは言えないね」とお朝。

「たとえ教えてあげても、すぐに死んでしまうんだから、意味がないだろ？」

（……元締か）

中沢浪人は、胸の中で呟《つぶや》いていた。

（元締の命令で、徳之助《とくのすけ》と茂十は夜鷹《よたか》と常吉《つねきち》を殺した。二人は口が軽いからという理由で、元締は、俺に徳之助たちを始末させた。そして……次は、俺の番というわけか）

「くそっ、ふざけやがって」

中沢浪人は、さっと大刀を抜いた。

すると、お朝が、夜太郎の後ろに隠れる。

「……？」

夜太郎が左へ動いた。お朝は右へ動く。

そして、夜太郎が右へ動くと、お朝は左へ動いた。

互いに左右に動きながら、中沢浪人に向かって来る。

（目眩《めくら》ましか……どちらが先に仕掛けて来るか、判断に迷うようにしてるのだな。くだらん）

中沢浪人は不敵に嗤《わら》うと、だっと飛び出した。

手前の夜太郎を先に屠《ほふ》るべく、大刀を斜めに振り下ろす。

が、その刃《やいば》が途中で停止した。

夜太郎が、両手で刀身を挟みこんだのである。

「なにっ、真剣白刃取《しんけんしらはど》り……？」

愕然《がくぜん》とした中沢浪人の脇腹に、匕首《あいくち》が深々と突き刺さった。

夜太郎が刃を止めた瞬間、間髪入れずに、お朝が中沢浪人の右側にまわりこんだのだ。

そして、隠し持っていた匕首を構えて、軀《からだ》ごとぶつかったのである。

「ぬ、ぬぬ……」

中沢浪人は、大刀の柄から手を放した。そして、気力を振り絞って脇差を抜こうとする。

が、お朝が、ぐりっと匕首で抉《えぐ》ると、中沢浪人は膝から地面に崩れ落ちた。

そして、背後にまわったお朝が、左手で彼の髷《まげ》を摑《つか》む。匕首で、後ろから伸びた首を掻き斬った。

「………」

喉から血を噴き出しながら、中沢浪人は前のめりになる。

お朝は、その背中で、匕首を拭った。夜太郎は、挟んでいた大刀を捨てる。

血溜まりの中で、中沢浪人は絶命していた。

「よし」

「終わったね」

二人は周囲を見まわして、目撃者がいないことを確認してから、静かに路地に消えた。

路上に残った中沢源五郎の顔には、信じられない——という表情がこびりついいた。

四

「若旦那、夜遅くまでご苦労様でございます——」

「おいおい。もう若旦那じゃないよ、政吉《まさきち》。私が当代の角屋《つのや》の主人だ」

「そうでございました……どうも、お顔を見ると、自然と若旦那という言葉が口から出てしまいます」

大番頭の政吉は、頭を下げる。

「実を言うと、私も、まだ慣れてない。角屋の旦那とか旦那様とか言われると、背中がむずむずするようだ」

芳太郎《よしたろう》は苦笑した。

日本橋の油商〈角屋〉の奥の座敷で、芳太郎は帳簿を見ていたのである。

外は、また雨が降ってきたようであった。

「まあ、私が赤ん坊の時から面倒を見てくれたお前だ。二人だけの時は、若旦那でいいよ」

「これはどうも、畏《おそ》れいります」

もう一度、頭を下げてから、政吉は真面目な顔つきになった。

「時に若旦那――ご相談したいことがございますが」

「私とお絹《きぬ》の祝言《しゅうげん》の話だろう」と芳太郎。

「それは、御父《おとっ》つぁんの一周忌が終わってからで、いいじゃないか」

「はい、仰《おっしゃ》る通りで」

大番頭の政吉は頷いた。

「相談というのは、川瀬石町《かわせこくちょう》のことでして」

「うむ……」

芳太郎の顔が曇った。

川瀬石町というのは、二歳下の義母・お蓮を指す隠語である。

「この前の身投げ騒動、まことに困ったことでしたが……さらに困ったことに、本日は瓦版の読物にまでされてしまいました。江戸中に角屋の恥を曝《さら》したわけで」

「……」

丁稚《でっち》小僧が買って来た「片目猫の呪い」の瓦版は、芳太郎も見ていた。

「浅慮《せんりよ》な女のことですから、この先も、何かお店の暖簾《のれん》を瀆《けが》すようなことを、しでかさないとも限りません」

「わかってる。わかってるが……どうにもならないだろう」

苛立《いらだ》たしげに、芳太郎は言う。

「勝手に縁切りなぞしたら、世間体《てい》が悪いし」

「そこで考えたのですが――」と政吉。

「お蓮さんを再婚させたらどうでしょうか」

「再婚……？」

芳太郎は驚いて、大番頭の顔を見た。

「角屋の後家のままですから、何かあると角屋の評判に関わりますので。よそに嫁いでしまえば、お蓮さんが死のうが生きようが気がおかしくなろうが、わたくしどもには一切、関係ありません」

非情なことを口走る、政吉であった。

「お前、それは言い過ぎで……」

思わず、芳太郎は腰を浮かせて、座敷の中を見まわした。

「若旦那とわたくしだけですから、腹を割った話をしているのです」

「うむ……」

芳太郎は座り直した。

「でも、再婚といっても……片目猫の呪いがかかっているという後家を、誰が貰ってくれるんだ」

「それが、蓼《たで》食う虫も好き好き――と申しまして」

政吉は笑みを見せる。

「あてがあるのか」

「わたくしが下手な俳句を詠《よ》むことは、若旦那もご存じですよね」

「勿論《もちろん》だ。月に一度、句会へ通ってるな。そのうち、句集でも出す気かい」

芳太郎は軽口を叩いた。

「それも考えないではありませんが……句会に参加する旦那衆の中に、どこぞの大身《たいしん》旗本のご隠居がおります」

「ほう」

「白式尉《はくしきじょう》の能面のような見事な顎髭《あごひげ》を蓄えておられまして、皆からは白鬚のご隠居と呼ばれております」

「なるほど。わざと、御《お》家《いえ》の名前は聞かないようにしているのだな」

商人の集まりに武家の隠居が参加するので、そのような配慮をしているのだった。

「はい……で、句会の後は場所を変えて無礼講になるのですが、ご隠居はそこにも参加なさいます」

無礼講なので、色道《しきどう》がらみの話も出るが、白鬚の隠居は「無礼な」とも言わずに、にこにこして聞いているという。

「それで、今月の集まりの時でしたが……誰かが、ご隠居様もお若い頃はお盛んでございましたか——と聞きました」

すると、隠居は「とんでもない」と首を横に振って、「今でも盛んじゃ」と言い放ったのである。

「皆は大笑いになりましたが、その後で、ご隠居はわたくしの耳元に、わしも生《き》娘《むすめ》から大年増《おおどしま》まで色々な女を抱いたが一人だけ抱いていない女がいる——と囁《ささや》きました」

政吉が「それは、どんな女で」と小声で訊き返すと、隠居は「石仏《いしぼとけ》じゃ」と言ったのである。

「うーむ……」

ようやく政吉の言わんとすることがわかって、芳太郎は唸《うな》った。

「つまり、謎をかけられたのだな」

「はい」

政吉は重々しく頷いた。

先代の芳右衛門《よしえもん》は女遊びが好きで、佐渡屋《さどや》に千両を貸す代償として二十三も年下のお蓮を後妻にした。

ところが、そのお蓮がどのような性技を尽くしても燃えない不感症だったのである。

そのことを、芳右衛門は酒席で愚痴ったらしい。

角屋の後家は石仏――子供が戯《ざ》れ歌《うた》にするほど、このことは有名になってしまったのだ。

「白鬚のご隠居は、うちのお蓮さんを囲いたいと言ってるのか」

「わたくしは、そのように受け取りました。ですので、そのことは主人と相談しまして――と申し上げると、うむと頷いて、それからは陽気に飲まれていましたが」

「しかし、それは……」

「わたくしも、こうして若旦那に申し上げる前に熟慮いたしましたが……良い話だと思います」

「良い話かねえ」

「若旦那――」

政吉は顔を近づけて、

「妾奉公《めかけぼうこう》とはいえ、これは再婚と同じでございます。この角屋との縁を切るという約束証文《しょうもん》を貰って、それなりの支度をしてお蓮さんを送り出せば、あちらの妾《しょう》宅《たく》で何が起ころうと、角屋とは全く関わりありません」

「だが……」

「大きな声では申せませんが――お武家のことですから、お蓮さんが何かしても表沙汰《おもてざた》にはせずに、お手討ちで済ませると思います」

「政吉……」

「そうなれば、完全に厄介《やっかい》払いじゃありませんか」

「恐ろしいことを言うな、お前は」

「お店のために、角屋のために、政吉は心を鬼にして申し上げております」

「ううむ……」

政吉の言葉に、芳太郎は腕組みをして、しばらくの間、考えこんでいた。

「若旦那が許嫁のお絹さんと祝言を挙げて、可愛い子供が産まれてから、お蓮さんが騒ぎを起こしたら――角屋はどうなりますか」

「――政吉」

芳太郎は頭を上げた。強《こわ》ばった顔で、

「お前の言う通りだ。大事なのは、角屋の将来だ」

「その通りです、若旦那」

芳太郎は腕組みを解いて、

「おーい」

軽く手を叩いた。

眠そうな顔をした女中のお豊《とよ》が、すぐにやって来た。主人が起きている間は、当番の女中は、いつまでも寝られないのである。

「お銚子を二本、肴《さかな》はありあわせでいいから、持って来ておくれ。それが済んだら、お前は休んでいいよ」

「わかりました」

お辞儀して、お豊は退《さ》がった。

「若旦那……」

「政吉。私も角屋のために、鬼になることにしましたよ」

「その お言葉……さすが、当代の角屋の旦那様でございます」

感激した政吉は、涙ぐんで平伏《へいふく》する。

「とにかく、白鬚のご隠居に連絡をとってみてくれ。話を決めるなら、早い方が良い」

「そうでございます」

顔を上げて、政吉は言った。

「今夜は二人で飲もう……芳太郎が鬼になった記念に」

「お付き合いいたします」

「それにしても——」

芳太郎は、深々と溜息《ためいき》をついた。

「あの二千両の女の子といい、お蓮さんといい、御父《おと》つぁんの女道楽が、つくづくと角屋に祟《たた》るなあ……」

第五章　タメニ屋

一

「いや、どうも……」

寅松《とらまつ》は腹這いになって、枕元の煙草盆に手を伸ばした。

「朝から起き抜けの一番というのは、疲れるもんだな。俺はもう、へとへとだ」

「ふ、ふ」

全裸のお萩《はぎ》は、寅松の背中に顔を乗せて、

「凄く良かったよ、お前さん……」

「うむ、そうだな」

満更《まんざら》でもない顔で、寅松は煙草をつける。

翌朝――根津権現の近くにある岡場所〈志摩屋《しまや》〉の座敷であった。

二十代半ばのお萩は、気性の激しさが顔に出ている妓《おんな》である。

しかし、馴染み客というよりも情夫《いろ》に近い寅松の前では、無邪気な態度だった。それだけ、寅松に惚れきっているわけだ。

昨日の夕方――浅草の阿部川町の家で寅松が留守番をしていると、使い屋が松平竜之介《たつのすけ》の文《ふみ》を届けてくれた。

中を見ると、今夜は帰れないと思うので留守番はやめて帰ってよい――という内容である。

(なるほど……あの女親分は、大願成就したようだな。わざわざ、俺が留守番をかって出た甲斐があったわけだ)

そんな事を考えながら家を出た寅松は、志摩屋へ登楼《あが》って、久しぶりにお萩と愉《たの》しんだのであった……。

「でもさあ、猫ってやっぱり祟《たた》るんだねえ。犬の祟りって、あんまり聞いたことないもの」

「そう言えば、そうだな」

昨日、寅松は瓦版を二枚買って、一枚は竜之介に渡し、もう一枚を懐《ふところ》に入れていた。それを、お萩が読んだのである。

「呪《のろ》いって、どうやったら解けるんだろう」

「そうだなあ……お祓《はら》いするか、死んだ猫を丁寧に供養するか……そんなもんじゃないのか」

「呪われた後家さんは、可哀相《かわいそう》だねえ」

「全くだ」

そんな他愛ない話をしていると、

「──姐《ねえ》さん、いいですか」

襖《ふすま》の向こうから、遠慮がちに声がかかった。

「お君《きみ》ちゃんかい、ちょっと待ってね」

お萩と寅松は、あわてて身繕《みづくろ》いをした。

「ごめんなさいね、お邪魔して」

入って来たのは、お君という若い妓である。

「姐さん、傷薬を持ってたでしょ。分けてくれませんか」

「どうかしたのかい」

「さっき帰った客が、しつこくてしつこくて……しかも、女の肌を引っ掻いたり嚙んだりするのが、好きなんですって」

傷のついた腕を見せながら、お君は言った。

「そいつは、ひどいな。どんな奴だ」

「瓦版屋の筆師《ふでし》ですって……あ、すみません」

お萩に薬を詰めた貝殻を貰って、お君は、自分の傷に塗り始める。

「昨日の瓦版が大売れだったんで、それを書いた筆師の千三《せんみつ》さんも、筆料をたんまり貰ったのね。それで、うちに遊びに来たわけ」

「昨日の瓦版というと……」

「片目の猫の呪いだか祟りだかってやつよ」

「これか」

寅松が例の瓦版を見せると、

「そうそう、これが飛ぶように売れたそうよ。種《ネタ》をくれたタメニ屋からも駄賃を貰ったし、大儲けだって千三さんは笑ってたわ」

「ちょっと待ってくれ」

寅松は姿勢を改めて、

「そのタメニ屋というのは——何だ？」

二

曇天《どんてん》の下――寅松が探し当てた天神長屋は、その名とは正反対で〈掃《は》き溜《だ》め長屋〉とでも改名した方が良いと思われるようなところであった。

軒《のき》が傾き屋根からぺんぺん草が生えて、中央の路地には何かが饐《す》えたようなにおいが漂っている。

深川の万年町《まんねんちょう》の裏長屋だが、寅松が路地木戸を潜《くぐ》った途端、あちこちの宅《うち》から子供たちがわらわらと湧き出て来た。

みんな、お世辞にも綺麗とは言えない格好である。

「銭《ぜに》くれ」

「おじさん、銭くれよ」

「くれ、銭をくれ」

寅松の袂《たもと》や帯を無闇に引っぱるのだから、たまったものではない。

「ええい、放せ。放せというのに」

困り切った寅松は、小銭を何枚か「ほれよっ」と木戸の外へ放り投げた。

子供たちは、わーっとその銭に群がり、取り合いを始める。

その隙《すき》に、寅松は長屋の奥へ入って、左側の宅を見ると、腰高障子《こしだかしょうじ》に〈瓦版筆師
千八《せんぱち》〉と書いてあった。

「ごめんよ」

声をかけて腰高障子を開こうとしたが、建て付けが悪いのか、開けるのに苦労した。

やっと開けて狭い土間へ入ったが、寒々とした四畳半の部屋には誰もいない。

振り向くと、路地の反対側の宅から、洗濯物を抱えた中年女が出て来た。

「あの――お訊《たず》ねしますが」

外へ出た寅松は、丁寧にお辞儀をして、

「こちらは、千三さんの宅《うち》では？」

「千八と書いてあるけど、千三さんの宅で間違いないよ」

女は、ぶっきらぼうに言う。

「いつも法螺《ほら》ばかりふいて、千に三つくらいしか本当のことを言わないから、みんなから千三と呼ばれるようになったのさ」

それだけ言って、女は、井戸の方へ行こうとした。寅松は素早く、一朱銀《いっしゅぎん》を女

の手に握らせる。

「あら、どうも」

急に、女は愛想が良くなった。

「千三さんは留守のようですが、いつごろ戻りますかねえ」

「それが、昨日から帰って来ないんですよ。何だか、いつもの通り適当に書いた瓦版が売れに売れて、筆料も倍額で貰ったそうですからね。どこかの岡場所にでも、居続けでもしてるんじゃないですか」

「ははあ、なるほどねえ」

その岡場所から千三を追って来たのだ――とは、寅松は口に出さずに、

「それなら、また来てみましょう。ところで……」

寅松は、鉤《かぎ》の手《て》に曲がった路地の奥を目で指し示して、

「この奥は抜けられますかね」

「ええ、反対側の表通りに抜けられますよ」

「そいつは好都合だ。じゃあ――」

頭を下げて、寅松は奥木戸から通りへ出る。

路地木戸の方は、さっきの子供たちが山賊のように待ち構えていたからだ。

（さて……どこかの店で軽く飲みながら、千三が帰って来るのを待つか）

筆師の千三が志摩屋のお君に言った「タメニ屋に種《ネタ》を貰って片目猫の呪いを書いた」という話を、じっくりと聞き出すために、寅松は瓦版の版元である雲霞堂《うんかどう》へ行って、千三の住居を聞きだしたのである。

千三は雲霞堂の奉公人というわけではなく、あちこちの版元に出鱈目《でたらめ》半分の文章を売りこんでいるのだという。

通りの向かい側に一膳飯屋があったので、そこに腰を据えるために、寅松が歩き出そうとした時、

「ん？」

誰かが、彼の袂を引っぱった。

見ると、唐子頭《からこあたま》をした五、六歳の男の子である。天神長屋の子らしい。

「おじさん、あっちだよ」

「おい、坊主。何があっちなんだ」

「千三のおじさん、あっちにいる」

「本当かい。じゃあ、案内してくれ」

半信半疑で、寅松は、その子に袂を引かれて歩き出した。

半町ほど先に材木置き場があり、なぜか、人だかりがしている。男の子は、それを指さして、

「あそこ、あそこに千三のおじさん、寝てる」

「寝てる……?」

寅松は足早に人だかりに近づき、肩越しに覗きこんだ。

何本か材木が倒れて、四十くらいの貧相な顔の男が下敷きになっている。

近づいて確認するまでもなく、その男が死んでいることがわかった。

頭の鉢《はち》が割れて、大量の血が流れ出しているからだ。両眼を虚《うつ》ろに開いている。

「千三の野郎も、とうとうくたばったか」

「死んだことだけは、法螺じゃなかったようだな」

野次馬たちの言葉からして、千三は、あまり評判の良い人物ではなかったようだ。

(ううむ……死んだのはただの偶然か、それともタメニ屋に口封じされたのか……)

寅松が眉を寄せて考えこんでいると、相生橋《あいおいばし》の方から町方《まちかた》同心と御用聞きがやって来るのが見えた。

早耳屋《はやみみや》としては事件の現場で御用聞きに目をつけられると面倒だから、寅松はさりげなく、その場を離れる。

すると、また袂が引っぱられた。

見下ろすと、例の男の子が小さな手を突き出している。

「おじさん——案内賃をおくれ」

三

「——竜之介様、また、妙なことに関わられたようですね」

御用聞きの由造《よしぞう》が、笑みを浮かべる。

その日の正午《ひる》過ぎに、由造が阿部川町の家へやって来たのだ。

「どうも、わしはそういう星の巡り合わせらしい」

松平竜之介は苦笑する。

「松吉《まつきち》と久八《きゅうはち》も一緒に来るはずだったんですが——」

昨夜、浜町堀《はまちょうぼり》の土橋《どばし》の脇で浪人が殺されているのを、下っ引の松吉と久八が見つけて、そちらの探索が忙しいのだ——と由造は言った。

「斬り合いか」

「いえ、それが、刀は抜いていたんですが、脇腹を匕首《あいくち》で抉《えぐ》られて、喉を斬り裂かれていました。相手は、やくざ者かも知れません。亀井町に住む中沢源五郎《げんごろう》という浪人で、何をして暮らしてるかわからないが、金には困っていない様子だったそうで。たぶん、悪事に関わっていたのでしょう」

そう言いながら、由造は、懐《ふところ》から折り畳んだ瓦版を取り出す。

「この死神の美女が身投げしようとするのを助けたのが、竜之介様なんですね」

「うむ。実は昨日、お錦《きん》という女御用聞きと一緒に、そのお蓮《れん》という女に話を聞いてみたのだ――」

竜之介から一通りの説明を聞いた由造は、真面目な顔つきになって、

「たしかに奇妙ですね、月命日の十五日に凶事が重なるというのは……ですが、実家の菊村の火事は九月十五日、佐渡屋《さどや》の主人の溺死《できし》が八月十五日、角屋《つの》の主人が事故に遭ったのが七月十五日――それなら、今年は六月十五日に凶事が起きるはずでは？」

「その恐怖に耐えきれず、お蓮は五月十四日の夜に身投げしようとした。それで予定が狂って、凶事が一月早まり、五月十五日に夜鷹《よたか》のお蓑《みの》が殺され、元の亭主

の常吉《つねきち》も縊死《いし》を装って殺されたのか……」

「不幸なことが次々に降りかかるという運の悪い人はいますが、いつも同じ日というのは……尋常じゃありませんね」

「やはり、見えない下手人がいるのかな」

「それで毎回、十五日の説明はつきますが――」

由造は首を捻《ひね》って、

「猫の死から夜鷹と元亭主の死まで、三年がかりで一連の凶事でお蓮を不幸にして、その下手人に何の得があるんでしょう。それこそ、お蓮に振られたことを恨んでいる男だとしても……執念が強すぎませんかね」

「かなりの人と金もかかっているしな」

「あっしが思うに、そこまで下手人野郎の恨みが深ければ、遠くからお蓮を眺めているだけでは満足できないと思うんです。本人に直《じか》に会って、どれだけ不幸に打ちのめされて泣き暮らしているか、その嘆きの声を聞きたくなると思うんですが……」

「少なくとも、昨日のお蓮の話では、そういう人物はいないようだった」

「ふうむ……恨みでないとすると、子供が蝶《ちょう》や蜻蛉《とんぼ》を捕まえて羽根を毟《むし》るようなそんな感じで、面白半分にお蓮を不幸のどん底に陥《おとしい》れている——とか」

「本当の異常者だな。そうすると、どこかの金持ちの道楽だろうか」

かつて、竜之介は、謎の敵に次々に刺客《しかく》を送られたことがある。

その敵は、暇を持て余した三人の大金持ちであった。誰の送った刺客が竜之介を殺すかで、賭けをしていたのである。

「とりあえず、お錦は、常吉の包丁を取り上げた者を探しているのだが……」

その時、玄関から寅松の声がした。

「旦那、旦那、大変だっ」

居間に駆けこんで来た寅松は、由造の姿を認めて、

「親分も一緒でしたか、こりゃ都合がいい——旦那、今日は十五日じゃなく十九日ですが、また一人、死人が出ましたよ」

「まさか、お蓮の女中のお民《たみ》ではあるまいな」

竜之介は顔色を変えた。

あんなに主人思いで律儀な娘が殺されたとしたら、気の毒すぎる——と竜之介は思ったのだ。

「いえいえ、殺されたのは千三です」

「千三……?」

「例の片目猫の瓦版を書いた筆師ですよ――」

寅松は、志摩屋のお君のことから材木置き場での死のことまで、話をした。

「それは事故じゃねえな」

即座に由造が言った。

「タメニ屋という奴らが、瓦版が売れて死神の美女の話が広まったのはいいが、口の軽い千三を生かしておいては危険だと思ったんだろう。岡場所から朝帰りをした千三を、材木置き場に誘いこんで、殺したんだな」

それから、由造は竜之介の方を向いて、

「竜之介様、疑念が本当になりました。タメニ屋という具体的な名前が出て来た以上、お蓮の凶事は全て何か裏がありますよ」

「そうだな。わしも、そう思う」

「瓦版を使ったのは、お蓮を徹底的に追いつめて、自殺でもさせるつもりかも知れませんね」

「さすが親分」と寅松。

「俺も同じことを考えてました。ここで問題なのは――さて、タメニ屋って何でしょう」

「うむ……屋とつくからには、金になる裏の稼業だろう。密輸のことを抜荷《ぬけに》というが、これはお上《かみ》の監視の隙間《すきま》をすり抜けてるという意味だ。すると、タメニとは……」

「抜荷に関わりのある稼業ですかね――荷を溜める？」

「溜荷《ために》――密輸品の蔵でも管理しているのか……」

竜之介も顎《あご》を撫でながら、

「だが、その裏稼業とお蓮を追いつめることの関わりが、わからんな」

「そもそも、竜之介様」由造が言う。

「裏稼業というものは、なるべく目立たずに活動するもので、わざわざ瓦版まで書かせて世間の耳目《じもく》を集めるのは、おかしいですね」

「お蓮の不幸に世間の耳目を集める事に、何か意味があるということか……」

考えこむ竜之介だ。

「何が何だか、わかりませんねえ」

寅松も溜息《ためいき》をつく。

「いや、寅松。お手柄だよ」と由造。

「タメニ屋という言葉が出て来なければ、不思議なことがあるものだ——で、この事件は終わっていたかも知れねえ。雲の切れ目からお天道様が覗いたようだ」

「早耳屋の俺がお天道様とか親分に言われると、なんだか背中に汗が出るようだ」

寅松は照れて、首の後ろに手を当てた。

「よし」

竜之介は立ち上がった。

「考えこんでいても、仕方ない。わしはもう一度、お蓮にあって、タメニ屋という言葉に心当たりがないかどうか、訊いてみよう」

「だったら、あっしは実家の菊村《きくむら》の火事を調べてみましょう」

由造も立ち上がる。

「俺は、千三の足取りを洗ってみます。誰か、千三とタメニ屋が打ち合わせしてるのを、見てるかも知れねえ」

寅松も張り切って、腕を撫でる。

「罪もない女を不幸のどん底に堕《お》とし、何人もの命を奪うタメニ屋——絶対に許せん」

竜之介は決然として、言った。

四

神田川に架かる浅草橋を渡って、広場をまっすぐ行くと馬喰町《ばくろちょう》に入る。

この一帯には、旅籠《はたご》が集まっていた。

公事宿《くじやど》といって、地方から訴訟のために江戸へ来た人々が逗留《とうりゅう》する旅籠だ。

公事宿の主人は訴訟の手伝いをして、現代でいうところの弁護士と司法書士を兼ねているのだった。

松平竜之介は馬喰町を通り抜けて、土橋を渡る。

「この辺りか……」

そこで立ち止まって、昨夜、中沢浪人が倒れていたという場所を眺めた。

（通りの真ん中だから、物陰に隠れていた奴にいきなり刺されたというわけではなさそうだ。するど、浪人の方が酔っていて不覚をとったのかも知れんな……どうも、血腥《ちなまぐさ》い事件が続くようだ）

再び歩き出した竜之介は、小伝馬町《こでんまちょう》牢屋敷の脇を通り過ぎて、鉄砲町の先で左へ曲がった。

大横町《おおよこちょう》を南へ下って道浄橋《どうじょうばし》を渡り、西堀留川《にしほりどめがわ》沿いに歩いて、江戸橋を渡る。

江戸橋の南詰は広小路で、蔵屋敷や賄方肴納屋《まかないかたさかななや》があった。

そこを通り抜けて、海賊橋《かいぞく》の前へ来ると、

「む……」

竜之介は足を止めた。

小柄な武家の老人を、三人の若い男が取り囲んでいる。三人は、天秤棒を手にしていた。

「おい、お侍。俺の命の天秤棒に鞘当《さやあ》てしておいて、黙って行くという法はあるめえ」

「きちんと詫びて、俺たち天堂組《てんどうぐみ》に出すものを出して貰おうか」

「黙ってねえで、何とか言いいな」

そこまで聞いて、竜之介は、つかつかと彼らに近寄った。

「その方《ほう》ども、天下の往来で何を致しておる」

鋭く一喝すると、天堂組と名乗った三人は振り向いて、

「何だ、てめえはっ」

「鞘当てとは、武士の刀と刀のことだ。天秤棒で鞘当てしたなら、その方どもの

落ち度だ」

「言いやがったな」

天堂組は、竜之介を正面と左右の三方から取り囲んだ。天秤棒を正眼に構えて、

「へへへ、土下差して謝るなら、今の内だぜ」

「天秤棒は六尺で、刀より長《なげ》えんだ」

「その天秤棒で三方から同時に打ちかかったら、どうにもなるめえ」

「──やってみろ」

大刀の柄に手もかけず、竜之介が平然として言うと、

「ド三一《サンピン》、死ねっ」

三人は、天秤棒を振り上げて、襲いかかって来た。

が、竜之介は一歩前に出て、正面の奴が振り下ろした天秤棒をかわし、それを簡単に奪った。

そして、右側の奴の天秤棒を払って、その右肩を打つ。振り向いて、左側の奴の左肩を打った。

「痛《い》てえ、痛てえよォ……」

「死んじまう……」

二人とも鎖骨《さこつ》だけではなく貝殻骨まで割られ、臀餅《しりもち》をついて泣き喚《わめ》く。

唖然《あぜん》としている正面の奴に、ぽんっと天秤棒を返して、

「見苦しい。さっさと去れ」

「へ、へい……」

そいつは、あわてて仲間を助け起こすと、二本の天秤棒を拾って逃げ出した。

どうなることかと立ち止まって見ていた通行人たちは、ほっとした表情になって、歩き出す。

竜之介は、老人の前へ行って、

「差し出がましい真似を致しまして」

「いや助かった。わしは、この短いのだけだったので、正直、困っていたのじゃ」

脇差の柄《つか》を叩いて、老人は笑う。

「わしは旗本の隠居で、二宮徳翁《にのみやとくおう》と申す。礼を言う」

徳翁は頭を下げた。

「とんでもない。私は…松浦竜之介と申す浪人者です」

竜之介も頭を下げる。

「では、御免――」

堀割を左手にして、竜之介は南へ歩き去った。

徳翁は、その後ろ姿をじっと見つめていた。

「――御前《ごぜん》」

近くの路地口から、何者かの声が低く声が聞こえる。

「あれが例の」

「そうだ、異那津魔《いなづま》。あれが、邪魔者の松平竜之介だ」

白式尉《はくしきじよう》の面のような見事な顎髭《あごひげ》を蓄《たくわ》えた二宮徳翁は、冷たい口調で言った。

五

新場橋《しんばばし》の前で右へ曲がった先が、角屋の別宅のある川瀬石町《かわせこくちよう》だ。

「まあ、松浦様」

お蓮は、嬉しそうに松平竜之介を迎える。

「昨日の今日で忙《せわ》しないが、そなたに伝えたいことがあって参ったのだ」

「伝えたいことと申されますと……」

顔に不安の影が過ぎる、お蓮であった。

「近年、そなたに続く凶事は、やはり、呪《のろ》いなどではなく何者かの企《たくら》みであるらしい。その証拠といえるものが、出て来たのだ」

「まあ……証拠とは何でございましょう」

お蓮は目を見開く。

「タメニ屋――という言葉に、心当たりはないかな」

「ためにや……」

眉を寄せて、お蓮は、訝《いぶか》しげな表情になった。

「聞いたことがございませんが」

「そうか――実は例の瓦版を書いたのは、千三という筆師なのだが、それはタメニ屋という者に頼まれたことらしい。猫のこと、実家が火事になったこと……それらの話は、タメニ屋が千三に教えたのだな」

そして、千三は事故に見せかけて殺されたらしい――ということを、竜之介は、お蓮が衝撃を受けないように、なるべく穏やかな表現で伝える。

「わかるか。そなたの両親の月命日に凶事が起こるのも、そのタメニ屋の仕業《しわざ》らしいのだ」

「でしたら……佐渡屋の主人も角屋の夫も、事故ではなく殺されたのでございますか」

　お蓮は、激しく動揺していた。

「そのようだ」と竜之介。

「しかし、それはそなたの責任ではない」

「……」

　己《おの》れの膝に視線を落として、お蓮は、荒れ狂う感情の嵐に耐えているようである。

「驚かせて、すまなかったな」

「いえ、そのような……」

　お蓮は顔を上げた。

「もう少し、タメニ屋の実態がわかってから話そうかとも思ったが……そなたが早まったことをしでかさないように、今、伝えるべきだと思ったのだ」

「でも、わかりません……そのタメニ屋という人たちは、わたくしを不幸にして、どうしようというのでしょう」

「わからぬ。わかっているのは、そなたは何も悪くないということだ」

　それを聞いたお蓮は、竜之介の顔を見つめて、

「お伺《うかが》いしたいのですが――」

「何かな」

「どうして松浦様は、わたくしにそのように親切にしてくださるのですか」

「格別に親切にしているつもりはないが……そうだな。目の前に不幸な女人《にょにん》がいると、放っておけないからだろう。それと、何の罪もない人間に害を為す奴らが許せぬ」

竜之介は微笑《ほほえ》んで、

「そういう性分《しょうぶん》なのだ、わしは」

「……有り難うございます」

両手をついて、お蓮が深々と頭を下げる。

「頭を下げる必要はない。わしが必ずタメニ屋を成敗してやるから、それまで気を強くして持っていてくれ」

「はい……」

お蓮は涙ぐんだ。

隣の座敷から、啜《すす》り泣きの声がする。年若い女中のお民が、感動して泣いているのだった。

六

「――勇吉《ゆうきち》兄ィ、御無沙汰しております」

「こいつは珍しい人が来た。いよいよ今日は、梅雨《つゆ》前に似合わぬ大雨かな」

嬉しそうにそう言ったのは、足を悪くして去年引退した御用聞きの勇吉である。

本所林町《はやしちょう》の家に、白髪頭の勇吉は一人で住んでいた。

息子が経営する料理茶屋が流行《はや》っているので、勇吉は楽隠居なのだった。

「白銀町《しろがねちょう》の。どうやら、俺に何か聞きたいことがあって、やって来たようだな」

「わかりますか」

「わかるとも。こう見えても、俺も御用聞きの端《はし》くれだったからな」

「端くれだなんて……あっしが駆け出しの時分には、畏《おそ》れ多くて兄ィには近寄ることも出来なかったくらいで」

「ははは、そうかね」

それから、勇吉は首を少し傾《かし》げて、

「この前――女房の夢を見た」

「へえ、お雪姐《ねえ》さんの」

「うん。夢の中で、俺がこの座敷で出かける支度をしてると、襖《ふすま》の蔭からお雪の呼ぶ声がしたんだ。なんだろうと襖を開けようとして、ふと気づいたのは、お雪は十年も前に墓の下だから、これはおかしい――ということだ。それで、ぱっと目が覚めちまったんだよ」

「……」

「馬鹿な話さ。つまらない疑いを起こさなきゃ、夢の中とはいえ、久しぶりにお雪の顔を見て話が出来たかも知れねえのに……白銀町の。十手持ちなんてのは、因果な稼業だなあ」

「………」

由造は、この大先輩を慰める言葉が見つからなかった。

「つまらねえ年寄りの愚痴を聞かせちまった。で――何が知りたいのかね」

「実は、三年前の菊村の火事のことで」

「ああ、松井橋前の小間物屋《こまものや》か」

勇吉の顔が、現役時代のように、さっと引き締まった。

「主人夫婦と下女が亡くなって、一人娘のお蓮と奉公人たちが焼け出されたんだったな。周囲に延焼しなかったのは、幸いだったが」

「実は、それが付火《つけび》ではないかと思いまして」

「いや」

即座に、勇吉は否定する。

「同心の旦那も熱心に調べたが、あれは台所からの出火だったな。下女の火の不始末らしい。付火ではないよ」

「そうですか」

由造は落胆した。

「実は、そのお蓮が悪い奴に目をつけられて、嫌がらせをされているようなので……てっきり、実家の火事も付火ではないか――と」

「池田の旦那は付火については詳しい人で、その鑑定眼に間違いはないと思う」

「なるほど。兄ィがそう仰《おつしや》るなら、火事のことはあっしの勘違いですね」

「せっかく来てくれたのに、がっかりさせて、すまねえなあ」

「いえ、そんな……」

気の毒そうに、勇吉は言う。

「お前さんとこは、かみさんは元気かい」

「おかげ様で。あっしに小言《こごと》ばっかり言うんで、いつも揉めてます」

「夫婦なんて、どこもそんなものさ」

そう言ってから、勇吉は顔をしかめて、

「待てよ……あれは失火に違いないが、変な奴がいたなあ」

「変な奴と言いますと？」

「旦那が焼け跡を調べている時、野次馬の中から、こりゃあタメニ屋の出番じゃねえな——と言った奴がいる」

「タメニ屋ですって」

由造は、色めきたった。

「何のことだと思って振り向くと、四角い顔をしたごろつきみたいな奴と目が合った。そいつが、こそこそと逃げようとしたんで追っかけようかと思ったんだが……池田の旦那から呼ばれてな。旦那と話してるうちに、そいつは消えちまった」

「ううむ……」

「年の頃なら、三十ぐらい。左耳の斜め下あたりに、三日月形の小さな禿《はげ》があったよ」

「よく見ていなさる」

由造が感心すると、

「ふふん、稼業だからな」

勇吉は、少し得意そうであった。それから、当時の状況を詳しく話す。

「何か役に立ったかね」

「へい。その三日月禿の奴を探してみます。とりあえず、髪結床《かみゆいどこ》をまわって」

「そうだな。虱潰《しらみつぶ》しに髪結床をまわれば、奴の素性《すじょう》がわかるかも知れねえ」

「では――」

由造は腰を浮かせた。とにかく、この新しい情報を竜之介に伝えねば――と思ったのである。

「おう。今日は引き留めねえから、次は、ゆっくり遊びに来てくれ」

「はい、参ります」

「白銀町の――」

勇吉は、しんみりした口調で言った。

「かみさんを大事にしなよ」

第六章　お錦《きん》の臀孔《しりあな》

一

川瀬石町《かわせこくちょう》で駕籠《かご》に乗って本郷の菊坂町《きくざかちょう》で下りると、松平竜之介《たつのすけ》は、女御用聞きのお錦《きん》の家を訪ねた。

そろそろ陽が落ちる時刻だ。

玄関で声をかけたが、返事はない。お錦は留守らしい。

（タメ二屋のことを話しておこうと思ったのだが……）

周囲を見まわすと、四、五軒先に甘味処《かんみどころ》がある。

（あそこで筆と墨を借りて、お錦への文《ふみ》を書くか）

その文は玄関に投げこんでおけばよい――と考えて、竜之介がそちらへ歩き出そうとした時、

「竜之介様っ」

背後で、嬉しそうな声がした。

振り向くと、男装のお錦が目の縁《ふち》を染めて立っている。

昨夜、竜之介に三度も抱かれて、生娘《きむすめ》から〈女〉になったお錦である。

中性的な美貌に女らしさが加わり、実に艶《つや》っぽくなっていた。

「ちょうど良かった。あそこの甘味処で、そなたに文を書こうと思っていたところだ」

「そうでしたか。きたないところですが、どうぞ――」

お錦は、いそいそと竜之介を居間に招き入れる。

「今、お酒の支度をしますから」

「それは、話の後にしよう」

「あ、はい」

竜之介の前に、お錦は座った。蕩《とろ》けそうな笑顔を、引き締める。

「実は今朝、例の瓦版を書いた千三《せんみつ》という筆師が死んだ。殺されたらしい」

「え」

驚くお錦に、竜之介は、タメニ屋のことを説明した。

「今、白銀町《しろがねちょう》の由造《よしぞう》が、菊村《きくむら》の火事のことを調べ直している」

「白銀町の親分が……」

「千三についても、タメニ屋と会っているところを見た者がいないか、寅松《とらまつ》が探しているところだ」

「すると、これまでのお蓮《れん》さんの不幸の全ては、タメニ屋の企《たくら》みだったのですか」

「そうらしい」と竜之介。

「だから、常吉《つねきち》は自殺ではなく殺されたのではないかというそなたの推理は、十《じっ》手者《てもの》として正しかったわけだ――さすがだな」

「竜之介様……」

お錦は、両手で顔を覆った。

「人が死んでいるのに…嬉しいと言うのは変ですが……でも、竜之介様に褒められて嬉しいです……」

そう言いながら、お錦は、竜之介の膝の上に倒れこむ。

「この上は、タメニ屋の正体を突きとめて、お蓮を死神という仇名《あだな》から解放してやらねばならぬ。そうであろう」

竜之介は、その背中を優しく撫でてやった。

「は、はい……」

お錦は顔を上げて、

「あたしも精一杯、探索して、お蓑《みの》と常吉を殺した奴らを見つけ出します」

「うむ、その意気だ」

「でも……その前に……」

恥じらいながら、お錦は言う。

「竜之介様の立派なものに……ご奉仕させてくださいまし」

「しゃぶりたいのか」

「はい……」

「よかろう」

竜之介は胡座《あぐら》をかいた。

着物の前を開いて、お錦は、下帯《したおび》の中から柔らかい男根を取り出す。

眩《まぶ》しそうにそれを見つめて、そっと口に含んだ。

昨夜、口淫の方法を教えて貰ったお錦だが、初心者だから技術は稚拙《ちせつ》である。

だが、本物の愛情がこもっているので、たちまち男根は屹立《きつりつ》した。

「ああ……凄い」

唾液に濡れて雄々《おお》しくそそり立つ巨根に、お錦は頬ずりをする。

竜之介は、そんなお錦の帯を解いて、着物を脱がせた。

藍色《あいいろ》の川並《かわなみ》だけの半裸にすると、自分も着物を脱いで、全裸になる。

そして、お錦の川並を膝まで下ろして、四ん這いにさせた。

形の良い臀が剝《む》き出しになり、その割れ目の奥の窄《すぼ》まりは、朱色をしている。

竜之介は、お錦の背後に片膝立ちになった。

愛汁《あいじゅう》で濡れた花園に、巨砲の先端を押し当てる。

玉冠部《ぎょくかんぶ》に愛汁をまぶしながら、亀裂を上下に擦り立てると、

「ああ、あ……はァ……」

それだけで、お錦は甘い喘《あえ》ぎ声を洩らす。

「欲しいか、お錦」

「はい……竜之介様のぶっといものを…あたしの淫らな秘女子に突き刺して、犯していただきたいです……」

秘女子とは、女性の生殖器を指す淫語である。

「よし、よし」

竜之介は、長大な男根を女の亀裂に突入させた。一気に、奥の院まで突く。

「ひいイ……イイっ！」

お錦は背中を反《そ》らせた。

竜之介は女の臀肉を摑《つか》み、逞《たくま》しい律動を開始する。

肉の凶器が、女壺《にょつぼ》から後退し、さらに突入した。

牝犬《めすいぬ》の姿勢で後ろから突きまくられて、お錦は乱れた。

「い、いい……凄くいいの……」

透明な秘蜜を結合部から溢れさせて、お錦は哭《な》く。

「あ、あの……竜之介様、お願いが……」

「何かな」

腰の動きを止めて、竜之介が訊《き》いた。

「女の操《みさお》は三つあると聞きました……秘女子と口、そしてお臀の孔だと……」

羞恥《しゅうち》で首筋まで赤く染めながら、お錦は言う。

「あたし……三つ目の操も、竜之介様に捧げたいのです」

「つまり、臀の孔を犯してほしいのだな」

「はい……お錦のいやらしい臀孔を存分に抉《えぐ》ってくださいまし……」

「そなたの願いはわかった」

竜之介は、結合部から溢れて内腿《うちもも》まで濡らしている秘蜜を指先で掬《すく》い取った。

それを、後門の放射状の皺《しわ》に塗りこめる。

ぬぷり……と右の中指を排泄孔《はいせつこう》に沈めると、

「ひゃァっ」

お錦は、幼児のような声を上げた。

竜之介は中指を挿入したまま、ゆっくりと巨根の抽送《ちゆうそう》を行う。

薄い内部粘膜を通して、男根の動きが中指に伝わった。

時間をかけて、竜之介は、お錦の後門括約筋《かつやくきん》をほぐしていく。

そして、男根を引き抜くと、中指を抜いた後門の窄まりに密着させる。

体重をかけて、静かに臀孔に突入した。

「あ…あひ……ひィ………んん、あっ」

生まれて初めて味わう未知の感覚に、お錦は悲鳴を上げる。

彼女の消化器官の末端に肉根が侵入し、括約筋がそれを強烈に締め上げた。

「お錦、よい締め具合だぞ」

竜之介の言葉に、お錦は喘《あえ》ぎながら、

「嬉しい……もっと荒々しく動いて…乱暴にお臀の孔を犯してくださいな」

「うむ……こうか」

竜之介は、女の臀肉を両手で鷲《わし》づかみにして、ずん、ずん、ずずん……と責める。

女御用聞きは、巨砲に臀孔を蹂躙《じゅうりん》されて、乱れに乱れた。

汗まみれになったお錦の肉体の最深部に、竜之介は白濁した溶岩流を大量に叩きこむ……。

二

松平竜之介が浅草阿部川町へ帰り着いたのは、夜更《よふ》けであった。

女御用聞きのお錦に後門性交をせがまれて、その無垢《むく》の臀孔《しりあな》を突きまくって絶頂に至らせた竜之介である。

男女和合の味を知ったお錦は、何度も竜之介を求めて、「一晩中、可愛がってくださいまし」と懇願した。

だが、竜之介は帰宅することにした。

阿部川町の家で、由造か寅松が待っている可能性があるからだ。

女体《にょたい》は愛《め》でるもの可愛がるものであって、武士として、決してそれに溺《おぼ》れてはならない……。

加賀藩上屋敷の南側を通って、三方を寺社地に囲まれた阿部川町へ入り、ようやく家が見えて来ると、

「あ、戻られましたね」

通りに、近所の老婆《ろうば》のお久《ひさ》が立っている。

「何かあったのかな、お久」

竜之介が訝《いぶか》ると、

「いえね。由造親分や寅松さんたちが来てるんですが、あたしが晩御飯を用意しようとしたら、旦那が帰って来るまで待つと頑固に言うもんで……」

「そうであったか」

やはり帰って来て良かった——とつくづく思う竜之介であった。

「裸ですまんが、酒の支度を頼む。居酒屋か屋台で、肴《さかな》も揃えてくれ——釣りはよい」

竜之介は、お久の手に一分金《いちぶきん》を置く。

「これはどうも——すぐに持っていきます」

笑顔で、お久はお辞儀をした。

「みんな、待たせたな――」

竜之介が家の居間へ入ると、由造と寅松、それに松吉《まつきち》と久八《きゅうはち》も来ている。

「お帰りなさいまし」

一同は頭を下げた。久八が、茶の用意を始める。

「お久に酒肴《しゅこう》を頼んだから、その前に親分の話を聞こうか」

由造の表情から、何か重大な手がかりを摑んだと見抜いた竜之介であった。

「へい、申し上げます――」

由造は、お蓮の実家である菊村が火事になった時に、タメニ屋らしい男が現れたこと報告した。

「ふうむ……」

湯呑みを手にしたまま、竜之介は考えて、

「こりゃあタメニ屋の出番じゃねえな――か。言葉通りに受け取れば、タメニ屋が菊村に付火《つけび》したのではないことになるな」

「あっしも、そう思います」

「しかし――」と寅松。

「菊村の焼け跡を見て、出番じゃないと言ったのは、どういうことでしょうね」

「そこなんだ」由造は言う。

「俺は、タメニ屋がお蓮の実家に付火をする予定だったが、それより先に失火で燃えてしまったんで、その必要がなくなった——という意味だと思うんだが」

「なるほどねえ」

松吉が感心して、何度も頷いた。

「何はともあれ、寅松のおかげでタメニ屋という悪党がいることがわかり、親分の聞きこみでタメニ屋の一人の目撃証言が得られた——これは大成果だな」

「いや、どうも……」

くすぐったいような顔つきで、寅松と由造は神妙に頭を下げる。

「で——あっしの方は、親分のような立派な釣果《ちょうか》はありませんでした」

寅松が報告する。

「千三が材木置き場で死んだのは、岡場所で飲んだ酒が残っていたようなので、事故として処理されました。今のところ、通りから材木置き場へ千三が入って行くのを見た者は、おりません」

下手人は、千三の頭を殴って気を失わせ、人目につかないように材木置き場の裏手から運びこんで、材木の下敷きになったような細工をしたのではないか――と、寅松は推理する。

「なるほどな。朝方に、酔いの残った千三がふらふらと通りから材木置き場に入りこんだのなら、誰も見ていないというのは奇妙だ」

竜之介も頷く。

「お蓮の不幸の背後にはタメニ屋という者の存在があることが、はっきりした。とにかく、その四角い顔で三日月禿《はげ》のある男を見つけるのが早道だな」

「旦那」寅松が笑って、

「四角い顔というと、どうしても五郎八《ごろはち》さんを考えちまいますね」

「ははは、そうだな」

五郎八というのは湯屋の三助《さんすけ》で、竜之介の役目を手伝ったこともある気の良い男であった。寅松を竜之介に紹介したのも、五郎八である。

三

そこへ、お久がやって来て、

「さあさあ、皆さん。お待たせしましたねえ」

酒や肴《さかな》を乗せた膳を、畳の上に並べた。晩飯代わりの稲荷寿司や海苔巻きもある。

腹が空き切っていた由造たちは、早速、飲み喰いを始めた。

松平竜之介は酒を飲みながら、考えこむ。

「そういえば――」

酒を飲みながら、稲荷と海苔巻きを五つばかり胃袋に送りこんだ久八が、

「茂十《もじゆう》も、四角い顔でしたね。もう、死んじまいましたが」

「茂十とは、誰かな」

「へい。強請《ゆす》り集《たか》りで暮らしている、鼻つまみのごろつきで。酒癖が悪くて、すぐに誰にでも絡んで喧嘩を始める奴ですよ。ついこの間、鈴ヶ森で追い剝《は》ぎか何かに襲われて、死んだそうです」

「そうだったな」と由造。

「関東郡代から手配書が廻ってきたよ。徳之助《とくのすけ》という仲間と旅に出る途中に、二人とも背中から斬られて殺されたらしい」

「俺は直《じか》には会ったことがないですが、徳之助というのも茂十の遊び仲間で、評

判の悪い奴でしたね」

　煮染めを食べながら、久八が言う。

「……待てよ」

　松吉が首の後ろを指して、

「そういえば、茂十のここに禿《はげ》があったような……」

「ん？」

　久八も考えこんだ。

「そうだ、あったな。言われてみれば、三日月みたいな形の禿だった」

「じゃあ、その茂十って野郎が、勇吉《ゆうきち》親分の目撃したタメニ屋なのかっ」

　興奮気味に、寅松が言った。

「久八。その茂十は幾つくらいだ」

　竜之介が質問する。

「そうですね。三十四、五というところでしょうか」

「すると、焼け跡を見物していた男の年格好と合うな。殺されたのは何時《いつ》だ」

「手配書には十七日の早朝にホトケが見つかったとありましたから、前の晩でしょうね」

由造が言った。

「つまり、六月十六日の夜です」

「話を整理すると――」と竜之介。

「夜鷹《よたか》のお蓑と元亭主の常吉が死んだ六月十五日の次の日の夜に、旅へ出ようとした茂十と徳之助というごろつき二人が、鈴ヶ森で何者かに斬り殺されたのだな。しかも、その茂十は、三年前に菊村の焼け跡に現れたタメニ屋に酷似している、と」

「するってえと……お蓑と常吉を殺したのは、茂十と徳之助でしょうか」

寅松が言うと、由造も膝を乗り出して、

「十五日の夕方に、常吉を酒で酔い潰して懐《ふところ》の包丁を持ちだし、それでお蓑を刺し殺す。酔いから醒めた常吉は、自分がお蓑殺しの下手人として手配されたのを知って、混乱して逃げまわる。そいつを茂十と徳之助が捕まえて、自殺に見せかけて回向院《えこういん》裏で殺した……」

猪口《ちょく》の酒を干して、喉を湿してから。

「ところが、タメニ屋の親玉も、酒癖の悪い茂十を生かしておくと危険なことに気がついて、二人に路銀《ろぎん》を渡して旅に出した。そして、追い剝ぎか強盗を装って、タメニ屋の仲間が二人を斬り殺した――という筋書きかな。どっちも一太刀で斬り殺されていたようだから、得物《えもの》は長脇差《ながどす》じゃなくて、大刀らしい」

「つまり、二人を斬ったのは浪人ということか」

竜之介が言うと、松吉が遠慮がちに、

「浪人といえば――関係あるかどうかわかりませんが、昨日の夜、浜町堀《はまちょうぼり》で刺し殺された中沢源五郎《げんごろう》という浪人は、かなりの遣い手《つかて》だったようです。だから、匕首《あいくち》で刺した方も凄腕だろう、と」

「まさかと思いますが、竜之介様」と由造。

「その中沢浪人もタメニ屋で、十六日の夜に茂十たちを斬ったんじゃないでしょうね」

「そうかも知れん。中沢浪人は何をしているかわからないが、暮らしには困っていなかった――と言ったな。タメニ屋の用心棒か人斬り屋だったのなら、金まわりがよいのは説明がつく。ただ……」

竜之介は首を傾《かし》げて、

「十六日に茂十と徳之助の口封じ、その三日後の十九日で、口封じをした中沢浪人を処分したというのは、親玉も少し性急な気がする」

「中沢浪人が、親玉を強請ったのかも知れませんね。全部の絡繰《からく》りを町方《まちかた》にぶちまけてやる、とか」

寅松が言うと、竜之介は頷いて、

「そういうことも考えられるな——久八、すまぬが使い屋を呼んでくれ。本郷のお錦のところへ、文《ふみ》を頼みたい」

「わかりました」

すぐに、久八は飛び出して言った。松吉が筆と硯《すずり》の用意をする。

「とにかく、親分」と竜之介。

「髪結床《かみゆいどこ》を虱潰《しらみつぶ》しに当たるのは、やって貰った方がいいな。茂十がタメ二屋だというのは、まだ推測に過ぎないから」

「そうですね。それに、茂十が誰かと一緒に髪結床に来ていれば、そこからタメ二屋の手がかりが得られるかも知れません」

「それと、中沢源五郎という浪人が誰と会っていたか、それが重要だ」

「人目につかないように、料理茶屋とかで会っていたのでしょうね。根気よく、聞きこみしてまわりますよ」

「それにしても——」と竜之介。

「中沢浪人を始末した匕首の遣い手、事故に見せかけて千三を殺した奴……当然のことだが、タメニ屋は人殺しを厭《いと》わぬ外道の集まりのようだな。恐ろしい敵だ」

四

「ねえ、お民《たみ》。あたし、本所へ行ってみようと思うんだけど――」

翌日の正午《ひる》前――川瀬石町の家で、お蓮がこう言うと、

「はあ……」

女中のお民が、不安そうに女主人を見る。

「そんなに心配そうな顔をしなくても、いいの。あたしの実家があったところを見てみたいのよ。もう、焼け跡に別のお店が建ってるでしょうけど」

お蓮は、寂しそうな笑みを浮かべて、

「二親《ふたおや》と下女のお松が亡くなった忌《い》まわしい場所なので、二度と見たくないと思っていたけど……松浦様に、そなたは悪くない――と言っていただいて、何だか懐かしくなってきたの」

「あの御浪人様は、本当に親切な方ですね」

「そうね……あんなに立派なお侍がいるなんて、初めて知ったわ」

この三年間、凶事が続くのは自分が悪いのではないか――という思いに囚《とら》われて、苦しみのどん底にいたお蓮なのである。

そのお蓮を身投げから救い、さらに心までも救ってくれたのが、松浦竜之介であった。

角屋《つのや》の後妻になって自分が石仏だと知らされたお蓮は、男に惚れるという気持ちを喪失していた。

しかし、竜之介の面貌《めんぼう》を思い浮かべると、胸の奥に暖かい灯《ひ》がともるのを感じるお蓮なのだった。

「心配なら、お前も一緒においで」

「あたしもですか」

お民の顔が、ぱっと明るくなった。

「そうよ。帰りは回向院にお参りして、何か美味《おい》しいものでも食べましょう」

「嬉しい……すぐに支度します」

こうして二人は家を出て、大川沿いに北へ歩き、新大橋に差しかかった。

元禄年間に造られた新大橋は、百六十間《けん》――約二百三十メートル。

お蓮たちが西の袂《たもと》から渡り始めて、二、三十間ほど行くと、そこに十七、八の華奢《きゃしゃ》な娘がいた。

欄干《らんかん》に寄りかかって、じっと川面《かわも》を見下ろしている娘の足元を見ると、互い違いの下駄を履いている。

着ているものを見ると、商家の娘のようだ。

「――――」

お蓮とお民は、顔を見合わせた。

そして、お蓮は、つかつかと娘に近寄ると、

「娘さん、お一人ですか」

そう声をかける。そこそこの商家の娘なら、外出する時は女中か小僧が付き添うものだ。

「…………」

娘は下を向いたまま、何も言わない。

「あたしは蓮というの。油商の後家です。あなたは何というの？」

「…………」

押し黙ったままの娘であった。

「あたし――何日か前の夜に、一石橋《いっこくばし》から身投げしようとしたのよ」

さらりと言うと、娘が、ぱっと顔を上げた。

大きな瞳で、まじまじとお蓮を見つめる。

「でも、親切なお侍様に助けていただいたの。今は、飛びこまなくて良かったと思っているわ」

「あたし……どうしていいか、わからなくなって」

娘が涙声で言った。

「そうよね、わからなくなる時、あるわよね」

お蓮は笑いかけて、

「とにかく、あたしの家にいらっしゃい。温かいお茶でも飲んでたら、気持ちも落ち着くわ。ええと――」

「波《なみ》です……」

「お波ちゃんね」

お蓮は、お波の肩を抱いて、

「家へ帰る途中で、お茶菓子を買っていきましょう――お波ちゃんは、何が好き？」

五

それから一刻《いっとき》半——三時間ほどして。

深川仲町《なかちょう》の扇屋〈東山堂《とうざんどう》〉の前に、お蓮の姿があった。

風呂敷包みをかかえたお蓮は、店の前を掃除している丁稚《でっち》小僧に、

「ごめんなさい、番頭さんを呼んでくださいな」

「はい……」

お辞儀をして、小僧は店の中へ入った。

すぐに、鶴のように痩せた番頭が出て来る。

「番頭の富蔵《とみぞう》と申しますが、何か御用でございますか」

相手の身形《みなり》を見て、丁寧に聞いた。

「あたしは日本橋の油商、角屋の後家で蓮といいます」

そう言って、お蓮は東山堂の入口から少し離れる。富蔵も、付いて来た。

「実は、番頭さん。おたくのお嬢さんのお波さんは今、うちにいるのよ」

「え」

「新大橋でしょんぼりしているのを見かけたので、あたしが声をかけて宅に来て貰って、色々と話を聞きました」

そう言いながら、お蓮は風呂敷包みを開いて見せる。

油紙に包まれていたのは、お波が履いていた下駄であった。

「お店を飛び出した時に、自分のと誰かのを互い違いに履いてしまったのね。新大橋から宅に帰る途中に、別の下駄を買って上げましたから、ご心配なく」

「それはどうも、大変にご親切にしていただきまして……お礼の申し上げようもありません」

富蔵は深々と腰を折って、頭を下げた。

「おたくの事情に口を出す気は、ないんです。ただ、お波ちゃんが思いつめているみたいだから……できたら一晩、うちに泊めてあげたいんだけど、どうかしら」

「はあ……」

「それが難しいようなら、番頭さんがあたしと一緒に宅に来て、お波さんと話し合いをして貰ってもいいのよ。他所様《よそさま》のお嬢さんだから、あたしが勝手に面倒を見るわけにもいかないし」

「行き届いた配慮をしていただき、本当に有り難うございます。お嬢さんがそこまで思いつめているなら、今、わたくしが参りますと、話がこじれるかも知れません——ご迷惑とは思いますが、一晩たって落ち着いたところで、明日、わたくしがお伺《うかが》いしたいのですが」

「では、そうしましょう」

お蓮は、風呂敷包みを富蔵に渡した。

「川瀬石町で、角屋の別宅と聞いていただけば、すぐにわかります。では——」

六

陽が落ちた通りを、松平竜之介が歩いている。

日本橋北の大伝馬町《おおでんまちょう》の通りだ。

（現場を見れば、何か思いつくかも知れぬ——）

そう考えた竜之介は、午後からタメニ屋事件の関係場所を確認してまわったのである。

まず、最も近い新堀川《しんぼりがわ》へ向かった。

酔って溺死《できし》したという佐渡屋《さどや》の主人が引き揚げられた場所を、眺める。

（酒に弱かったという喜右衛門《きえもん》に、無理に酒を飲ませて泥酔させ、人けのないのを見計らって堀割りに突き落とせば、容易《たやす》く溺れ死ぬだろうな……）

それから、両国橋を渡り、本所の松井橋の近くで、「三年前まで、菊村という小間物屋《こまものや》があったというが」と蠟燭屋《ろうそくや》の女中に聞いてみた。

「ああ、火事で燃えちゃった店ですね。今は絵草紙屋《えぞうし》になってますよ。この三軒先です」

行って見ると、その絵草紙屋は、役者絵が目当ての若い娘や国許《くにもと》への土産を買いに来た大名の家臣などで賑わっていた。

通りの反対側に立った竜之介は、周囲を見まわして、（ここでお蓮は育ったのか……）と感慨に耽《ふけ》る。

もしも、東山堂の娘・お波が新大橋で身投げを考えていなければ、ここで竜之介はお蓮と会ったかも知れない……。

そして、竜之介は再び両国橋を渡って、赤坂へ向かった。

赤坂の汐見坂下《しおみざかした》――お蓮の亡夫、角屋芳右衛門《よしえもん》が大八車に撥ね飛ばされて、切石《きりいし》の下敷きになって死んだ場所である。

竜之介は、大八車が停められていた場所を見て、

（いくら盗人《ぬすっと》でも、昼日中にこんな坂の途中に、切石を満載した大八車を停めておくわけがない。最初から、芳右衛門を殺すために用意したのだ。事故と断定した当時の町方の調べが、いい加減だったのだな……）

おそらく、手代が介抱したという老婆《ろうば》も、タメニ屋の仲間であろう。

芳右衛門は、その様子を見ていたので、坂に背を向ける格好になった。

だから、大八車が転げ落ちて来た時に、気づくのが遅れたのである。

（企《たくら》みが深い……ここまでしてお蓮を不幸に追いこんで、そこにどんな目的があるのか）

直接の手がかりはなかったが、現場を見たことで、改めてタメニ屋に対する怒りがこみ上げて来た竜之介であった……。

「――居酒屋か」

竜之介が、ふと足を止めたのは、軒先《のきさき》に〈赤天狗《あかてんぐ》〉と書かれた大きな提灯《ちょうちん》の下がった店である。その屋号の筆の勢いが、見事だったのだ。

（そういえば、家を出てから茶も飲んでいなかったな……）

食事もしてしまうつもりで、竜之介は暖簾《のれん》を潜《くぐ》った。すると、

「さあ、みんな。いつもの芸をやるが、誰か賭ける奴はいないか」

土間の真ん中に立って、赤い顔をして大声で言った男がいる。

主持《しゅも》ちとも浪人ともつかぬ、二十代後半の袴《はかま》姿の侍で、人の良さそうな顔をしていた。

「先生、大丈夫かね。今夜は、だいぶ酔ってるみたいだが」

大工らしい客が、笑いながら言った。

「何を言うか」侍は言う。

「この野村浩次郎《こうじろう》、痩せても枯れても寺子屋の師匠だ。酔って家へ帰る途中に道端で寝こんでも、筆を持ったら髪の毛一筋ほどの誤りもあるものか」

土間の客が、どっと笑った。

「その意気だ。よし、百文《ひやくもん》賭けたっ」

卓の上に、大工は、四文銭と一文銭を積み上げた。

「じゃあ、俺は五十文」

「俺は百文にするっ」

野村浩次郎は、ぐるりと卓を見まわして、

「ひい、ふう、みィ……全部で八百五十文か、よしよし。私が負けたら、賭け金は倍にして返すよ」

賭け金を数えてから、野村は、自分の卓に座った。

腰に下げていた矢立《やたて》を、卓に置く。矢立とは、墨壺と筆を一緒にした携帯用筆記具である。

それから懐《ふところ》の半紙《はんし》を二枚抜いて、これも卓に置く。

「お竹坊《たけぼう》、頼むよ」

「はいはい」

お竹と呼ばれた小女《こおんな》が、野村の後ろから手拭いで目隠しをする。

「何が始まるのだ」

隅の卓についた竜之介が、中年の小女に尋ねると、

「ふふ、野村先生は凄いんですよ。見ててください」

酒と肴《さかな》を置いて、小女は悪戯《いたずら》っぽい顔で言う。

「よし、今日は何の字にするかな」

目隠しされた野村が言うと、

「先生、志《こころざし》はどうだい。あの字は、姿がいいやね」

五十文を賭けた男が言う。

「お、安《やす》さんはわかってるな。士《さむらい》の心で〈志〉——俺の好きな字だ。それにしよ

う」

それから、手探りで紙の位置を正して、矢立の筆を抜いた。

「…………」

背筋を伸ばして、呼吸を整える。

店の中が、しーんと静まりかえった。

野村は、一気に〈志〉という字を書き上げる。

そして、その半紙を背後にいるお竹に渡した。

さらに、二枚目の半紙を置いて、慎重に位置を正す。一枚目の時の三倍ほど刻《とき》がかかった。

筆を取り上げると、大きく深呼吸してから、さっと〈志〉を書き上げる。

それも、背後のお竹に渡した。

お竹は、左右の手に一枚ずつ持って。それを店中の客に見せる。

「うーむ……」

まじまじと二枚の半紙を見つめて、大工が唸《うな》った。

その間に、野村は自分で目隠しの手拭いを解いている。

「そろそろ、いいかな」

野村は、その二枚の半紙を受け取ると、重ねた。

「さあ、みんなで見てくれ」

そう言われて、賭けた客たちが立ち上がり、大工が二枚重ねの半紙を受け取った。

天井から下がっている釣行灯《つりあんどん》の八間《はちけん》に、それをかざす。

「やっぱり凄《すげ》え、全く同じだっ」

そう言って、他の客に渡した。彼らも、明かりに透かして、「凄い、凄い」と感心する。

「納得して貰えたかな。では、賭け金をいただくよ」

半紙を受け取った野村は、にこにこしながら卓の賭け金を集めた。

「失礼だが――」

竜之介が声をかける。

「わしは賭けておらぬが、それを見せて貰えますかな」

「どうぞ、どうぞ」

野村から二枚の半紙を受け取って、竜之介は八間の明かりに透かして見た。

「むむ……」

驚いたことに、目隠しをして書いたのに、その文字は全く同じであった。それこそ、髪一筋の狂いもない。

「見事なものだ、眼福《がんぷく》いたしたーー」

竜之介は半紙を返して、

「賭け金の代わりに、飲み代はわしが持ちましょう」

「本当ですか。そいつは助かる」

野村は破顔一笑《はがんいっしょう》して、

「みんな、こっちの人が奢《おご》ってくれるそうだから、賭け金は返すよーーただし半分だけな」

皆が、愉快そうに笑った。

野村浩次郎は、客に半金を配り終えてから、竜之介の卓に座る。

「好きなものを注文してください」

「いや、有り難いな」

野村は肴を注文してから、徳利を取り上げて竜之介に酌をする。竜之介も、野村の猪口《ちょく》に酌をしてやった。

「いやあ、奢られて飲む酒は旨い」

猪口を干して、野村は無邪気に言う。

「野村殿。どこで、あのような業《わざ》を学ばれたのですか」

「いやいや、業なんてもんじゃありません。私は旗本の三男坊で、家は継げないし、剣術もさっぱり。だから、十二で書家《しょか》になる志を立てました」

「ほほう」

「で、名のある先生に入門したんですが……ははは。二十歳《はたち》の時に、ようやく自分の才能の無さに気がつきました。あの稼業には、上には上がいましてねえ」

飲みながら、快活な口調で話す野村なのだ。

「それで、兄に金を出して貰って、寺子屋の師匠になったわけです。それだけで食うのは難しいので、矢立を肌身離さず、商家の帳付けをしたり、品書きや提灯に屋号を書いてやったり……」

「ひょっとして、この店の提灯に赤天狗と書いたのも――」

半紙の文字の手《て》蹟を見て、それに気づいた竜之介であった。

「私です。あれは我ながら、ちょっとばかり気に入っている」

「私は、あの字が目に入ったので、この店に寄る気になったのです。筆に勢いがある」

竜之介が嘘やお世辞を言っているのでないことが、野村にもわかったのだろう。

「ははあ。そう言っていただくと、実に嬉しいですなあ」

顔をくしゃくしゃにして、野村は喜んだ。

そして、竜之介に酌をして、

「まあ、子供たちに読み書き算盤《そろばん》を教えるのは楽しいです。あの子たちの中から、誰か一人でも書で身を立ててくれれば、本懐《ほんかい》が遂げられるわけですが」

「きっと、そうなるでしょう。こんなに立派な師匠がいるのだから」

「どうも、貴方《あなた》は、人を煽《おだ》てるのが上手い——そういえば、ご尊名《そんめい》を伺《うかが》っていませんでしたな」

「浅草の阿部川町に住まう浪人、松浦竜之介と申します。お見知りおきを」

「松浦殿——」

野村浩次郎は、猪口に視線を落としてから、にっこり笑って、

「こちらこそ、どうぞ宜《よろ》しく」

第七章　乙女の嘆き

一

神田川の南岸の土堤《どて》に沿った通りを、柳原《やなぎわら》通りと呼ぶ。

その反対側――神田川の北側の武家地は、向《むこう》柳原と呼ばれていた。

松平竜之介《たつのすけ》は、その向柳原の新《あたら》シ橋《ばし》通りを歩いている。

（楽しい御仁《ごじん》だった……）

それは、赤天狗《あかてんぐ》で酒を酌み交わした野村浩次郎《こうじろう》のことであった。

旗本の三男坊のままで、市中で寺子屋の師匠をしているのだから、主持《しゅも》ちとも浪人とも判別できぬ雰囲気だったのは当然である。

一刻《いっとき》ほど飲んでから、再会を約束して店を出たのだった。

（このタメニ屋事件が解決したら、ゆっくりと語り合うことにしよう）

左側には対馬《つしま》藩江戸屋敷、右側には旗本屋敷が並んでいる。

遅い時刻で武家地だから、人通りは絶えていた。

「む……」

竜之介は立ち止まった。

前方の旗本屋敷の塀《へい》の蔭から、二つの影が現れたからである。

常夜燈《じょうやとう》に照らし出されたのは、黒ずくめの大男と小柄な女であった。

「何者か」

「お朝《あさ》と夜太郎《よたろう》……夫婦《めおと》で死客人《しかくにん》だ」

大男が答えた。

「御浪人さんは、松浦竜之介というのだろう」

女が言う。

「たしかに、わしは松浦竜之介だが――その方《ほう》どもに命を狙われる覚えはないな」

竜之介は静かに言った。

夜太郎という大男は、腰の後ろに長脇差《ながどす》を差している。

お朝という女は、懐《ふところ》に右手を入れている。得物《えもの》は匕首《あいくち》か手裏剣であろう。

「待てよ」

　ふと、竜之介は思いついた。

「一昨日《おととい》の夜、中沢源五郎《げんごろう》という浪人を殺したのは、お前たちではないか」

「ふ、ふ」お朝は嗤《わら》って、

「あの世とやらで、その浪人に聞いてみるといいよ」

　そして、二人は身を屈《かが》めた。

「――――」

　竜之介は半身に構えて、大刀の柄《つか》に手をかけた。

（得物が匕首なら、中沢浪人を殺《や》ったのはお朝だ。しかし、その時に夜太郎は何をしていたのか、斬り結んでいたのか……）

　夜太郎とお朝が、右に左に動き始めた。

　互いに交差して稲妻形に動きながら、こちらに駆け寄って来る。

　どちらも、まだ得物を出していない。

（読めたぞ――）

　すらりと大刀を抜いて、竜之介は正眼に構えた。

　夜太郎の口の端《は》に、笑みが浮かんだ。こちらの思い通り――という笑みである。

　大男が刃圏《はけん》に入る直前、竜之介は、大刀を振り上げた。

「ええいっ」

気合とともに、彼の頭頂部を目がけて、縦一文字に刃《やいば》を振り下ろす。

が、次の瞬間、その軌道が右へ曲がった。

右側から飛びこんで来たお朝を、斜めに片手斬りする。

「あっ」

間一髪、お朝は飛び退《の》いて、その刃をかわした。右手には、匕首を握っている。

竜之介はお朝の方へ向き直り、剣の切っ先を夜太郎に向けて牽制した。

「飛びこんで来ながら腰の長脇差を抜かないので、真剣白刃取《しんけんしらはど》りが狙いだとわかった――」

お朝に視線を当てたまま、竜之介が言う。

「白刃取りでわしの大刀を動かぬようにしておいて、がら空きの脇腹を横から匕首で刺す……悪い手ではないが、詰めが甘いな」

「むむ……」

夜太郎とお朝は、攻めるに攻められない。

「その方どもタメニ屋の親玉は、誰だ。なぜ、お蓮《れん》を不幸にし続けるのだ」

竜之介の問いかけを聞いて、

「………」

「………」

二人は、ちらっと視線を合わせる。

突然、竜之介の背後から、凄まじい殺気が襲って来た。

「むっ」

竜之介は左へ跳んで、さっと振り向く。

殺気を放った者の姿は、見えない。物陰にいるのだろう。

その隙《すき》に、夫婦死客人は逃走した。素晴らしい速さで、走り去る。

「………」

竜之介は、しばらくの間動かずに、後方の敵の気配を探った。

しかし、相手は気配を消したまま、引き揚げたようである。

「去ったか……」

溜息《ためいき》をついて、竜之介は納刀した。

「強敵だな――」

顔も姿も見ていない。

しかし、そいつは、竜之介と互角の腕前と思われるのだった。

二

「おや……何かありましたか」

阿部川町の家の玄関に出て来た由造《よしぞう》が、松平竜之介の顔を見て言った。

「わかるか？」

「ただ事ではない顔色をされています」

「うむ……たしかに、ただ事ではなかった」

苦笑して、竜之介は大刀を鞘《さや》ごと帯から抜いて、居間へ入った。刀掛けに大刀を乗せて、

「実は、刺客《しかく》に追われてな――」

新シ橋通りの襲撃を、竜之介は語って聞かせた。

「それは……」

由造が、絶句してしまう。

「世の中には、恐ろしい遣《つか》い手《て》がいるようだな」

「その夫婦死客人が先詰《さきづ》めで、姿を見せなかった奴が後詰《ごづ》めですか。もしも、一

度に三人がかりで来られたら……」

「わしも危なかっただろう」

「竜之介様が誰かに敗《ま》けるというのは——あっしたちには想像もつきませんが」

由造は、まじまじと竜之介を見つめる。

「そのように信頼してくれるのは、有り難いと思っている。まあ、勝負は時の運だ」

「はあ……」

首を振りながら、由造は酒の支度をした。

「一昨日《おととい》の夜、中沢浪人を殺したのは、あの夫婦死客人で間違いない。昨日の朝には千三《せんみつ》を殺し、そして今夜は、わしを殺しに来た……タメニ屋は、虫でも捻《ひね》り潰すように簡単に人の命を奪う奴らなのだな」

「恐ろしいですね」

酌をしながら、由造が言う。

「うむ。そなたたちも、十分に用心して貰わねばならぬ。しかし……」

「はい？」

竜之介は盃《さかずき》を干して、

「それほど冷酷な者どもが……どうして、お蓮を不幸にするだけで三年もの間、殺さなかったのか」

「ただの気まぐれではなく、何か理由があるのでしょうね」

「そうだ」と竜之介。

「何か、奴らにしかわからぬ特別な理由が、あるのだ」

三

「他所《よそ》のお宅《うち》で朝から御飯のお代わりなんかして……ふふ、何だか羞《はず》かしい」

お民《たみ》から茶碗を受け取って、お波《なみ》は言う。

「何杯でも、お代わりしていいのよ、女だけの家なんだから、遠慮しないで」

お蓮が微笑する。

翌日の朝――日本橋南の川瀬石町《かわせこくちょう》にある角屋《つのや》の別宅、その居間であった。

お民の給仕で、お蓮とお波が朝食を摂っているのだった。お民も、一緒に食べている。

「あたしは小間物屋《こまものや》の一人娘だったから、何だか妹が出来たみたいで、嬉しいわ」

「はい、お似合いのご姉妹です」

お民がそう言うと、

「お似合いの夫婦というのならわかるけど、お似合いの姉妹って言葉があるのかしら」

三人で、朗《ほが》らかに笑ってしまう。

そのお波の顔からは、身投げまで思いつめた憂《うれ》いの影は、消え去っているようであった。


――扇商〈東山堂《とうざんどう》〉の主人六兵衛《ろくべえ》は、三日前に卒中で亡くなった。

一昨日、弔《とむら》いを済ませて、跡取り息子の信太郎《しんたろう》も娘のお波も、番頭の富蔵《とみぞう》など奉公人たちも、ぐったりと疲れ果てていた。

すると、昨日の朝――店に訪れた二人の男がいる。

「青山で金貸しをしている、木村兵庫《ひょうご》と申す。これなるは、手代の忠吉《ちゅうきち》だ」

総髪に黒羽織《くろはおり》という姿の浪人金貸しは、そのように自己紹介して、

「実は――主人の六兵衛殿の弔いも終わったところで、借金の返済をお願いしたい」

「借金ですって」

信太郎にも富蔵にも、それは藪《やぶ》から棒の話であった。

「うむ、これが借金証文《しょうもん》だ」

突きつけられた書類を、信太郎と富蔵は凝視する。

「千五百両も借りたのですか……うちの御父《おと》つぁんが？」

信じられぬという顔の信太郎だ。

「その通り」と兵庫。

「六兵衛殿が、五年前に貸した千両の利子の払いが難しいというので、元金に利子分を足した金額で何度も書き直して貰い……ついに、元利合計で千五百両になったわけだ。しかし、本人が亡くなってしまった以上、これ以上の引き伸ばしは出来ぬ。すみやかに、千五百両を支払っていただきたい」

「たしかに御父つぁんの署名だが、しかし……そんな大金は」

「何を言う。世上《せじょう》の噂では、東山堂の身代《しんだい》は五千両とも一万両ともいうではないか」

木村兵庫の口調に、ずしりと金貸しらしい凄みが加わった。

「大身旗本の屋敷や大名家にも出入りを許されている老舗《しにせ》であるのに、千五百両ばかりの金が払えぬわけがあるまい」

「いえ、それが……金というのは、有るように見えても無いもので……恥を申し上げますが、御父つぁんは米相場に手を出して、失敗しました」

「米相場に……」

兵庫は、手代の忠吉と顔を見合わせる。

米相場は、現代の先物取引のようなもので、八代将軍吉宗の頃から盛んになった。

上手く当たれば利益は大きいが、外れたら損失を埋めなくてはならない。最悪の場合は、破産ということになる。

「わたくしたちも、そんな事は全く知らず、昨日の夜、帳簿と現金が全く合わなくて、初めて気づいた次第です」

信太郎がそう言うと、脇から番頭の富蔵が、

「旦那様が卒中で倒れたのも、米相場の失敗を気に病《や》んでのことと思われます。今の東山堂では、千五百両どころか百五十両の金も難しいわけでして……」

「それは、そちらの都合だ」

ぴしゃりと決めつける、兵庫だ。

「この東山堂は、扇を売るのが商売。わしは金を貸して、利子を付けて返して貰うのが商売だ。この千五百両は、米櫃《こめびつ》を逆さにしても、揃えて貰わねば困る」

「しかし……今も番頭が申しましたように、無い袖《そで》は振れません」

四

「若旦那――」

木村兵庫の斜め後ろに控えていた手代の忠吉が、口を開いた。

「いや、もう当代の旦那様だが……この千五百両が返せなかったと世間に知られたら、東山堂の看板に傷がつきますよ」

「……」

「たしか、こちらには年頃のお嬢さんがいらっしゃいましたね。たいそう、別嬪《べっぴん》だとか」

「いや、妹のお波は、この話には関わりありません」

「親の作った借金に娘が関わりないでは、世の中の筋が通らない。百姓の娘だって、年貢が払えなかったら、親兄弟のために女衒《ぜげん》にひかれて吉原に身を沈めるじゃありませんか」

「お、お嬢さんを女衒に売れというのですかっ」

怒りに痩身《そうしん》を震わせて、富蔵が言う。

「売れとは申しません。それは、そちらが如何様《いかよう》にも算段することです。どんな手を使ってでも千五百両さえ作っていただければ、こちらは宜《よろ》しいので」

深い眼窩《がんか》の奥から、忠吉は、信太郎を見つめる。

「むむ……」

信太郎が歯嚙みして膝を握り締めていると、脇から富蔵が何事か耳打ちをした。

「……うん」

力なく、信太郎が頷く。

「しばらく、お待ちを」

そう言って、富蔵が奥へ引っこんだ。

木村兵庫と忠吉は、黙って待つ。信太郎は、二人と目が合わぬように、自分の膝頭《ひざがしら》を見つめていた。

「――お待たせしまして」

戻って来た富蔵は、袱紗《ふくさ》の包みを持っていた。

それを、兵庫の前に置く。

「ここに、百両ございます。月末《つきづえ》の支払いのための、なけなしの金でございますが——とりあえず、今日のところは、これでお引き取りをお願いいたします」

「ふむ……」

兵庫は袱紗を開いて、二十五両の包みが四つあることを確かめた。

「宜《よろ》しい。今日のところは、百両で引き揚げましょう。今、受け取りを書きます」

手代から矢立《やたて》と半紙を貰って、兵庫は、さらさらと受取書を書いた。それを、富蔵に渡すと、

「では、残りの千四百両も、なるべく早くに用意していただきたい」

そう言って、立ち上がった。

「ねえ、旦那」

忠吉も立ち上がって、

「妹さんを、江戸の吉原でお披露目《ひろめ》するのが外聞が悪いというのなら、京か上方《かみがた》の遊廓に売ったらいいですよ。長崎の島原には、異人相手の遊廓もあるそうですからね」

「お波を異人の相手などに……」

さすがの信太郎も、怒りで軀《からだ》を震わせると、

「だからね。せいぜい汗をかいて、千四百両を工面なさいまし――また、参りますから」

二人が去ると、信太郎と富蔵は、畳にへたりこんだ。

「どうしよう、富蔵」

「困りましたな。さっきの百両も、月末には必要なのですが……さらに千四百両とは……」

何気なく湯呑みに手を伸ばそうとして、富蔵は、自分たちにも客にも茶が出ていなかったのに気づいた。

「お米《よね》の奴、何をしているのか――おーい」

富蔵の呼ぶ声に、手代の重松《しげまつ》がやって来た。

「何か――」

「お茶が出てないよ。相手は、もう帰ってしまったが」

「おかしいですね」と重松。

「お米さんが具合が悪いんで、お嬢さんが、自分から持って行くとおっしゃって

……」

「お波が?」

信太郎は、富蔵と顔を見合わせた。

急いで立ち上がって、隣の座敷との境の襖《ふすま》を開くと、そこに四個の湯呑みがのった盆が、置きっ放しになっている。

「お波の奴、ここで話を聞いていたんだっ」

悲鳴のように、信太郎は叫んだ。

「おい。みんなで、お嬢さんを探すんだっ」

富蔵が指図して、奉公人たちは家の中や庭や外を探す。

お波の下駄と女中のお米の下駄が、片方ずつなくなっていることに気づいたのは、それから四半刻《しはんとき》もたってからであった……。


「あたし、島原へ売られて異人の玩具《おもちゃ》にされるんだったら、死んだ方がましだと思って……それで、新大橋から大川を見ていたんです……」

角屋別宅の居間で、食後のお茶を飲みながら、お波が言う。

「それはそうよ。吉原だって苦界《くがい》と呼ばれているのに、まして異人の相手なんてねえ……」

　お蓮は頷いて、

「でも、お店《たな》って、どこも内情は大変なのね……あたしが掛人《かかりうど》になったお店も、旦那さんが亡くなったら、三千両の借金が出て来たし」

「払えたんですか、三千両も」

「家作《かさく》や土地を処分してね。それでも足りずに……まあ、相当に苦労したみたい」

　三千両のうちの千両は、自分を角屋の後妻として売った金なのだ――とお蓮は思ったが、それはお波に聞かせて良い話ではない。

　すると、「ごめんくださいまし」という声が玄関から聞こえた。

　お民が「はーい」と言って、玄関へ出て行く。

「あの声は……」

　お波の顔が強《こわ》ばった。番頭の富蔵の声だったからだ。

「大丈夫よ」

　お蓮が、お波の膝に手を置いて、安心させる。

　お民に案内されて、風呂敷包みを持った富蔵が居間へやって来た。

　お波の無事な姿を見て、富蔵は、安堵した顔つきになる。

「この度は、うちのお嬢さんが、大変にお世話になりまして――」

持参した菓子折を渡して、富蔵は、お蓮に丁重に礼を述べる。

「それで、折り入ってお願いがございます」

「何でしょう」

「主人とも相談したのですが――お嬢さんを東山堂に置いておくと、また、あの手代に何か言われそうです。もしも、本当に女衒でも連れて来られては……それで、体調を崩して親戚の寮で養生している――ということにして、こちら様でもうしばらく預かっていただけないか、と。図々《ずうずう》しいお願いではございますが」

「まあ……」

お波の顔が、喜びで弾けそうになった。

「それは、もう」とお蓮。

「一月《ひとつき》でも二月《ふた》でも、好きなだけ居てもらって構いませんのよ」

「有り難うございます、本当に有り難うございます」

富蔵は両手をついて、礼を言った。

「差し出がましいことを、お訊《き》きするようですが……」

遠慮がちに、お蓮は言う。

「残りの千四百両の工面は、如何《いかが》ですか」

「それです」

富蔵は溜息《ためいき》をついた。

「主人が親戚筋をまわっておりますが、どうなりますか……何分《なにぶん》、二百両、三百両ならともかく、千四百両ですから」

「その工面が上手くいくように、お祈り申し上げます」

お蓮は頭を下げた。金のために不幸になる女は、自分だけで充分だ——と思う。

「有り難うございます……おっと」

懐《ふところ》に手を入れて、富蔵は始めて笑顔を見せる。

「これをお返しするのを、忘れるところでした」

差し出したのは、昨日、お蓮が下駄を包んで渡した風呂敷であった。

五

「本願寺《ほんがんじ》さん、立派な御堂《みどう》でしたねえ。あたし、初めて見ました」

「お民。お前、さっきから同じことを何遍も言っているわよ」

「だって、旦那様。本当に立派だったんですもの」

その日の午後――お蓮とお民、お波の三人がいるのは、八丁堀に架かる白魚橋《しらうおばし》に近い炭町《すみちょう》の蕎麦屋《そばや》〈三州庵《さんしゅうあん》〉である。

今朝、東山堂の番頭の富蔵が帰った後――お波がふさぎこんでしまった。兄の信太郎がお店を守るために金策に走っているのに、自分だけがお蓮の家で安閑としていて良いのか――お波は、そんなに風に考えこんだのである。

それで、お蓮が「築地の本願寺に行きましょう」と提案したのだった。

「本願寺の阿弥陀様に、金策が上手く行きますように――とお願いするのよ」

「ああ、それはいいですね」

お波も明るい表情に戻って、賛成した。

「お民、お前も一緒に行きましょう。昨日は、回向院《えこういん》へ行けなかったから」

「わあ、嬉しい。行きましょう、行きましょう」

大喜びのお民を連れて、お蓮とお波は堀割沿いに南へ向かい、白魚橋と真福寺《しんぷくじ》橋を渡った。

そして、大名屋敷の間を通り抜けて相引橋《あいびき》を渡り、武家屋敷街を抜けて本願寺に参詣したのだった。

本願寺は准如上人《じゅんにょしょうにん》が開基で、敷地が一万二千坪以上、本尊の阿弥陀如来像《あみだにょらいぞう》は聖徳太子の手彫りと伝えられている。

三人で神妙にお参りして、掛け茶屋で団子を食べてから、帰途についた。

そして、蕎麦屋の切り落としの座敷で、遅い昼食を摂ったのである。

「海から船で見て、目印になるくらい大きい御堂ですものね」

小田《おだ》まき蕎麦を食べ終えたお波は、蕎麦湯を飲みながら言う。

が、はっと顔色を変えて、身を窓際に寄せた。

「どうかしたの？」

お蓮が訊《き》くと、お波は顔を伏せて「今、入って来た男が……」と小声で言う。

衝立《ついたて》の蔭から、お蓮は、そっと土間の方を見た。

総髪の浪人者と若い男が、土間を横切って二階への階段を上って行く。

お蓮たち三人は衝立の蔭だったので、彼らの視界には入らなかったようだ。

「あれが？」

「金貸しです……うちに来た」

つまり、木村兵庫と手代の忠吉である。

「え」

驚いたお蓮は、店の中を見まわした。それから、下駄を履いて小女《こおんな》の方へ行く

「幾らかしら」

「はい——」

小女は、座敷の方を見て計算する。

その間に、さり気なくお蓮は階段から二階の方を見て、さっきの二人が下りて来る様子がないのを、確かめた。

蕎麦の代金を払うと、お蓮は座敷へ戻って、

「さ、すぐ出るのよ」

お波とお民に言う。二人は頷いて、下駄を履いた。

「有り難うございました」

小女の声に送られて、お蓮たちは店から出る。

「早く、家へ帰りましょう」

お蓮は、二人にそう言った。

「はい」

「わかりました」

お波とお民も頷いて、足を速める。

お蓮は気づかなかったが、蕎麦屋の二階の窓から、手代の忠吉が彼女たちの後ろ姿を見ていた。

「旦那――」

忠吉は女たちを見つめたまま、座敷に座った木村兵庫に言う。

「どうも、面倒なことになったようですぜ」

第八章　異那津魔《いなづま》

一

「――そうよ」

お蓮《れん》は自分の膝を叩いて、

「やっぱり、そうだわ」

川瀬石町《かわせこくちよう》の別宅に帰り着いて、お民《たみ》の煎《い》れてくれた茶を飲んでいたところだった。

「どうかしたんですか、お蓮さん」

びっくりして、お波《なみ》が訊《き》く。

「あの手代の忠吉《ちゆうきち》よ。どこかで見たようなと思っていたら……あれは、一昨年《おととし》、佐渡屋《さどや》に三千両を取り立てに来た四谷《よつや》の金貸し――その利兵衛《りへえ》に付いて来た手代だわ、たしか、参太《さんた》といっていたはず」

「五年前に貸した二千両が元利で三千両になっている——という取り立てでした
ね」

「そうよ。東山堂《とうざんどう》さんの千両が五年で千五百両になってるのと、そっくりね。し
かも、手代までそっくり……名前は、忠吉と参太で違うけど」

「二人は兄弟とか従兄弟《いとこ》同士とか、他人の空似かも知れませんが……」

そう言いながらも、お波は、困惑した表情になっていた。

「主人が亡くなった店に乗りこんで、借金証文《しょうもん》を見せて大金をとる……しかも手
代は同じ顔……お波さん、こんな偶然があるかしら」

「あたしには、さっぱり話がわかりません」

年若いお民は、きょとんとしている。

「つまりね、お民」とお蓮。

「あの金貸しの人たちは、騙《かた》りじゃないかと思うの。借金証文は贋物《にせもの》で」

「でも、兄さんは証文を見て、たしかに御父《おとっ》つぁんの署名だと言っていました」

「これだけ手のこんだ悪事をする人たちだから、署名も本物そっくりに偽造して
るんじゃないかしら」

「まあ……」

お波は蒼《あお》くなった。

父親が米相場の失敗の他にも借金を作っていた——というのも衝撃だったが、それが騙りだったというのも、さらに衝撃なのである。

「お民、硯《すずり》と筆を出して」

「は、はい」

すぐに、お民は立ち上がる。

「私が文《ふみ》を書くから、その間に使い屋さんを呼んできて。阿部川町の松浦様に、文を届けて貰うのよ」

「わかりました」

「お蓮さん、松浦様に相談するのですか」

「そうよ。松浦様なら、あたしたちの話を真剣に聞いてくださるわ——」

そう言って、お蓮は墨をすり始める。

二

「ねえ、お前さん。山城屋《やましろや》の旦那は遅いね。そろそろ夕方になるよ」

そう言ったのは、夫婦《めおと》死客人《しかくにん》のお朝《あさ》である。

「うむ……」

亭主の夜太郎《よたろう》が、大川を見ながら頷いた。

そこは、一目橋《ひとつめばし》の南詰にある水戸家石置場であった。

二人は、積み上げた石の蔭にいた。通りから見えない位置である。

「昨日のしくじりを報告するのは、気が重いけど……」

「俺たちは死客人だ。ただ、失敗しました――では話が通らねえ。あの松浦って野郎を、次こそ仕留《しと》める手を考えないと」

「そうだね。あたしたちは、看板で飯を喰ってるんだからね」

「いや――」

どこからか、声がした。

「もう、看板の心配はしなくてもよいぞ」

「誰だっ」

とっさに、お朝は匕首《あいくち》を、夜太郎は長脇差《ながどす》を抜いた。

「おいおい。それを先に抜いてしまうと、お前たちの手順が狂うんじゃないのか」

三間《けん》ほど先の石の蔭から、袴《はかま》姿の侍が現れた。覆面をしている。

「面《つら》を見せろっ」

夜太郎が言うと、その侍は覆面の奥で嗤《わら》ったようである。

「見せるほどの顔ではない。ところで、お前たちが待っている山城屋彦右衛門《ひこえもん》なら——」

覆面侍は、積み上げた石の蔭から何かを引き摺《ず》り出して、

「もう、来ている」

それは、袈裟《けさ》懸《が》けに斬り倒された中年の商人であった。無論、絶命している。

「あっ」

夜太郎とお朝は、ぱっと跳び退《さ》がった。そして、素早く周囲を見まわす。

「安心しろ、多勢で待ち伏せなどしておらぬ。お前たちくらいなら、私一人で充分だ」

「舐めるなっ」

激怒した夜太郎の背後に、お朝が隠れる。そして、長脇差も匕首も鞘《さや》に納めた。

「よし、かかって来い」

覆面侍が、さっと大刀を抜く。それを正眼に構えた。

「ちっ」

夜太郎とお朝が、左右に動きながら駆け出した
覆面侍は、大男が刃圏《はけん》に入る直前に、さっと右肘《みぎひじ》を引いた。

そして、飛電のように大刀を突き出す。

「がっ」

かわしきれずに、夜太郎は胸を刺し貫かれた。

「あっ」

お朝は愕然《がくぜん》とする。

「残念だったな、突きに真剣白刃取《しんけんしらはど》りは通用せん」

そう言って大刀を引き抜くと、お朝も斬り捨てる。

夜太郎は俯《うつぶ》せに倒れて、お朝もその脇に倒れこんだ。二人の下に、血溜まりが広がってゆく。

「お前さん………」

お朝は最後の力を振り絞って、亭主の方へ右手を伸ばした。

そして、夜太郎の分厚い肩に触れたところで、お朝の命の灯《ともしび》が消える。

覆面侍はそれを眺めて、

「夫婦一緒なら、冥土《めいど》の旅も寂しくはなかろう……」

血振《ちぶり》して、大刀を鞘に納める。

「さて――次は、松浦竜之介《たつのすけ》の首を獲《と》るか」

三

「もう、だいぶ暗くなって来ましたね」

庭を眺めて、お波が言った。

「松浦様……お留守だったのかしら」

お蓮が溜息《ためいき》をつく。

川瀬石町の家の中で、三人の女は、ひたすら松平竜之介を待っていた。

騙《かた》りの件を書いた手紙を使い屋に託して、そろそろ一刻半《いっときはん》――三時間ほどになろうか。

（あの文《ふみ》を見たら、松浦様は、きっと来て下さるはず……）

その時、「御免なさいよ」と玄関で男の声がした。

「まあ」

それが角屋《つのや》の大番頭の政吉《まさきち》だと気づいて、お蓮はがっかりしたが、出迎えるために立ち上がった。

が、玄関へ出るまでもなく、政吉は半纏《はんてん》姿の男三人を従えて、ずかずかと居間へ入ってくる。

「なんですか、一体」

その不作法に、お蓮は、さすがに顔をしかめる。

立ったままで、政吉は、お波を冷たい眼で見る。

「――この人は」

「知り合いのお嬢さんよ。遊びに来てくれただけ」

「そうですか」

政吉は居間の敷居近くに、半纏の男たちは廊下に座る。

彼らは、角屋に出入りしている鳶人足《とびにんそく》であった。

「お蓮さん――本日は伝えたいことがあって、参りました」

「伝えたいこと？」

「さる旗本のご隠居様が、奉公人を探しております。ついては、あなたに、奉公して貰うことに決めてきました」

「勝手なことを言わないで下さい。あたしは、そんなことは承知しておりません」

お蓮は憤慨する。

「承知も不承知もありませんよ。あなた……いや、お前さん。この前の身投げ騒動で、どれだけお店に迷惑をかけたか、わかってるんですか」

「それは……」

「しかも、片目猫の呪《のろ》いなんて瓦版まで出て……角屋は、世間様の物笑いになってますよ。みんな、お前さんのせいです。この始末は、どうつけてくれるんですか」

「ご迷惑をかけたことは、幾重にもお詫びします――」

お蓮は頭を下げた。

「ですが、あの瓦版は出鱈目《でたらめ》で…」

「いいですか、お蓮さん」

押し被せるように、政吉は言う。

「これだけ迷惑をかけたのだから、お前さんは着の身着のままで放り出されても、文句は言えないはずだ。それを今日まで家を与えて暮らしの面倒まで見て、角屋は義理を充分に果たしました——妾奉公《めかけぼうこう》が気にくわなかったら、旗本屋敷から逃げ出せばいいでしょう。それは、お前さんの勝手だ」

「今、妾奉公と言いましたね。何という恥知らずなことを」

怒りのあまり、お蓮は手が震えてきた。

「いつから角屋は、女衒《ぜげん》の真似事をするようになったのですか」

「先方にも支度があって、迎えの駕籠《かご》が来るのは二、三日先になるだろうからね。それまで、この人たちが泊まりこんでくれる。お蓮さん、外出は控えて貰いますよ」

政吉は、お蓮の言葉を聞こうともしないで、勝手に喋る。

「ひどい。それじゃ、監禁じゃありませんか」

だが、政吉は、さっさと立ち上がって、

「これは決まった話だから、もう覆《くつがえ》りません。——じゃあ、頭《かしら》。頼むよ」

「へい。お任せを」

鳶頭の又六《またろく》が、決して逃がしませんから——という心得顔《こころえがお》で、頭を下げた。

「待って下さい、番頭さん」

お蓮が立ち上がって政吉を追おうとした、その時——幾つもの黒い影が、風のよう庭から飛びこんで来た。

振り上げた棍棒で、又六たち三人を殴りつける。

「わっ」

「げぇっ」

不意を突かれて、だらしなく三人とも昏倒した。

「お、お前さんたちは……」

震える政吉の頭にも、棍棒が振り下ろされる。気を失った番頭は、庭へ転げ落ちた。

「だ、誰……」

手拭いで頰被《ほおかむ》りをした七人の男たちを睨みつけながら、お蓮は、お民とお波を背中に庇《かば》った。

この二人は生娘《きむすめ》だから、あたしが守らなければ——と、お蓮は思う。

「こういう者さ」

先頭の男が、さらりと頰被りを取った。

「あっ」

お蓮は驚いた。それは、忠吉とも参太とも名乗っていた例の男だったのである。

「やはり、俺の顔を覚えていやがったか……」

男は、にやりと嗤《わら》った。

「ある時は金貸し利兵衛の手代の参太、そして、ある時は浪人金貸しの手代の忠吉……親に貰った名は、善八《ぜんぱち》というのだ」

「……何しに来たんです」

「蕎麦屋《そばや》で俺の正体を見破られたようだから、もう、手間暇かかることは止《や》めにした」

善八は言う。

「これから、お前たちを元締のところへ連れて行く」

「元締……タメニ屋のことですか」

「おっと、そこまで知っていたとは、お見逸《みそ》れした。ますます、見逃せなくなったな――おい、女どもをふん縛《じば》れ」

男たちは、三人の女に襲いかかった。

四

松平竜之介は、前方から三つの駕籠《かご》が来るのを見た。前後左右に、七人の男たちが付き添っている。彼らは、闘犬のように殺気立っていた。

「むむ――」

日本橋北の長谷川町の通りである。

「ちと尋ねるが――」

何となく勘が働いた竜之介は、先頭の駕籠の前に立って、

「これは、木曾屋《きそや》の駕籠ではないかな」

「はあ……」

駕籠舁《か》きが、戸惑った顔で善八の方を見る。

「何だね、お前さんは」

タメニ屋の善八が、鋭い目で竜之介を睨みつけた。

「先ほど、木曾屋から駕籠の護衛を頼まれた者だが」

「違う、うちは木曾屋じゃねえ。退《の》いてくれ」

その時、駕籠の垂簾《すだれ》の下から、必死で転がり出たのは、縛《しば》られて猿轡《さるぐつわ》を嚙まされたお蓮であった。

「う、うう……」

竜之介の姿を見て、お蓮の双眸《そうぼう》に歓喜の光が宿る。

「見やがったなっ」

善八は懐《ふところ》の匕首《あいくち》を抜いて、突きかかろうとした。が、竜之介の手刀に打たれると、

「ぎゃっ」

匕首を放り出して、善八は臀餅《しりもち》をつく。右手首の骨に、皹《ひび》が入ったのだろう。

竜之介は旋風のように動いて、残りの六人の男たちを打ち倒した。

それを見て、駕籠昇きたちは駕籠を置いて、逃げ出す。

「くそ……逃げろっ」

右手首を押さえながら、善八は逃げ出した。他の男たちも、転げるようにして駆け出す。

「無事か、お蓮」

竜之介は、お蓮の猿轡と縄を解いてやる。

「ま、松浦様……」

地獄に仏《ほとけ》という感激で滂沱《ぼうだ》の涙を流す、お蓮であった。

「お民とお波さんが……」

「よし、よし」

竜之介は、後ろの駕籠からお民とお波を助けて、縄を解いてやる。

お波は涙ぐみ、お民はわんわん泣き出した。

「そなたたち、泣いている暇はない」

竜之介は周囲を見まわして、

「履物《はきもの》は、駕籠舁きが懐に入れたままだ。足袋跣足《たびはだし》で良いから、あそこの店で何でもいいから買うのだ。そして、急いでここを離れるぞ。今の奴らが、人数を揃えて戻って来る前に」

それを聞いて、お蓮たち三人は、あわてて草履屋《ぞうりや》へ走る。

五

金龍山浅草寺《きんりゅうざんせんそうじ》の西——慶印寺《けいいんじ》の近くに、お蓮たちを乗せた三丁の駕籠《かご》が着いた時には、すでに夜も更《ふ》けていた。

用心のために、途中で三度、駕籠を乗り換えている。

松平竜之介は駕籠に乗らず、駕籠の脇に付き添った。

タメニ屋に攻められた時に、駕籠に乗っていては後《おく》れを取る。

酒代《さかて》を渡して駕籠を返してから、

「さあ、あの家だ」

竜之介は、お蓮たちを連れて隠れ家の方へ歩き出した。

普段は無人だから、家に灯火《ともしび》はついていない。

いつ何時《なんどき》でも暮らせるように、近所の夫婦に、掃除や水瓶《みずがめ》の水の取り替えを頼んでいる。

竜之介が、玄関に近づいた時——突然、ほとんど物理的な殺気が、怒濤《どとう》のように襲いかかって来た。

「むっ」

反射的に、竜之介は後方へ跳ぶ。玄関の軒《のき》から、黒い何かが地面に落ちた。

「きゃあっ」

女たちが悲鳴を上げた。

それは、忍び装束《しょうぞく》の小男である。

背は低いが、肩幅が異様に広かった。まるで、人間蟹《がに》のような体型である。

そして、左手に手甲鉤《てっこうかぎ》を装着していた。右手には、両刃《もろは》の短剣の付いた手甲を付けている。

「何者か」

大刀を抜いて、竜之介は誰何《すいか》した。

完全に気配を消して軒に伏せていたのだから、只者《ただもの》ではない。

だが、襲いかかる瞬間には、殺気が剝《む》き出しになってしまったのだ。

「異那津魔――そう呼ばれている」

錆《さ》びたような声で、怪忍者は言う。

「タメニ屋の手先だな。どうして、この隠れ家がわかったのだ」

「タメニ屋……そんなものは知らぬ」と異那津魔。

「そして、松平竜之介――お前のことは、よく知っている。お前が知らぬことまで、知っているかも知れぬぞ」

鑢《やすり》を擦り合わせるような、耳障りな音が聞こえた。異那津魔が嗤《わら》ったのである。

「松平……？」

女たちは、顔を見合わせた。

「俺は御前《ごぜん》の命令で、その女を迎えに来たのだ」

左手の三本の鋭い鉄鉤を、お蓮の方へ向けた。

「なんだと」

駕籠の乗り換えの合間に、お蓮から手短《てみじか》に事情を聞いていた竜之介である。

「お蓮を妾奉公《めかけぼうこう》させようとする旗本の隠居は、その方《ほう》のような者を飼っているのか」

「御前は粋人《すいじん》でな。珍しいものが、お好きだ。今回は、石仏《いしぼとけ》の女を閨《ねや》で嬲《なぶ》ってみたいと所望されたのだ」

「石仏……」

お蓮は顔を強《こわ》ばらせる。

面と向かって石仏と言われたこと、それが妾奉公をさせる理由であること――

その悍《おぞま》しさに、吐き気を覚えるほどであった。

「そのような真似は、断じてわしが許さぬ」

「お前に許しを求めるつもりはない」と異那津魔。

「邪魔するのなら、命じられてはおらぬが……お前を始末する」

「出来るかな」

「けぇっ」

喉の奥から奇妙な声を発して、異那津魔は跳んだ。

素晴らしい跳躍力で高々と跳び、落下しながら左の三本鉤で竜之介の顔面を斬り裂こうとする。

「むっ」

竜之介は、大刀で三本鉤を横へ払った。

その力を利用して、異那津魔は空中で、くるりと回転する。

回転しながら、右手の短剣で竜之介の喉を斬り裂こうとした。

「おおっ」

竜之介は軀《からだ》を捻《ひね》って、何とか剣先をかわす。

そして、着地した異那津魔に、大刀を振り下ろした。

が、異那津魔は着地した瞬間に地面を蹴っていた。

竜之介の大刀は空を斬り、怪忍者は二間《けん》ほど先に降り立つ。

とんでもない身の軽さと敏捷性《びんしょうせい》であった。

「少しはやるようだな……」

異那津魔は、薄ら笑いを浮かべた。

「さすがに、隠密剣豪などと持ち上げられるだけのことはある」

「…………」

「なるべく刻《とき》をかけて斬り裂いてやりたいが、御前がお待ちだろうからな。一気にけりをつけさせて貰うぞ」

「…………」

竜之介は、正眼に構えたまま、無言であった。

「話す余裕もないか……くくく」

右手の短剣と左手の三本鉤を軽く打ち合わせると、異那津魔は、だーっと突進して来た。そして、「けぇっ」と気合を発して、跳躍する。

それが、竜之介の待っていた瞬間であった。

左手で脇差を抜いて、空中の異那津魔に投げつける。

「ぬっ」

異那津魔は難なく、三本鉤でそれを払った。

が、ほぼ同時に、竜之介の剣が閃《ひらめ》く。

「ぐあァァっ」

異那津魔の軀が、地面に叩き着けられた。

そして、その左腕の肘から先が、無くなっている。

肘《ひじ》から斬り落とされた左の下膊部《かはくぶ》も、地面に落ちた。

竜之介は、脇差を払った時に生じた僅かの隙《すき》をついて、怪忍者の左腕を切断したのである。

「ぬおっ」

飛び起きた異那津魔は、左腕の切断面から血を振り撒きながら、右手で左下膊部を拾う。

「この恨み、忘れぬぞっ」

野生の猪《いのしし》のような速さで、異那津魔は夜の闇の奥へ消えた。

第九章　秘剣・相斬刀《あいざんとう》破り

一

「あの……松浦様」

遠慮がちに、お蓮《れん》が訊《き》く。

「先ほどの恐ろしい人が、松平竜之介《たつのすけ》と呼んだり、隠密剣豪と言っていましたが……」

隠れ家の居間で、お蓮とお波《なみ》、お民《たみ》の三人が、松平竜之介の前に座っている。

「それか――」

竜之介は笑みを見せた。

「松浦竜之介は市井《しせい》に住まう時の名、わしは遠州鳳《おおとり》藩の若隠居で松平竜之介という。妻の一人が将軍家の桜姫なので、形の上では家斎《いえなり》公はわしの義父になるわけだな。それで、たまに隠密のようなこともしている」

隠しても仕方がないので、竜之介は正直に話す。

「これは、ご無礼を……」

お蓮たちは、あわてて平伏《へいふく》した。あまりの驚愕の事実に、「妻の一人は」という言葉への疑問も、吹っ飛んでしまう。

「楽にしてくれ。今は、浪人の松浦竜之介で良い」

「はあ……」

顔を上げたお蓮たちであったが、さすがに、落ち着かないようであった。

その時、

「竜之介様、ご無事ですかっ」

騒々しく玄関から雪崩《なだれ》こんで来たのは、由造《よしぞう》と寅松《とらまつ》、そして、女御用聞きのお錦《きん》であった。

お蓮の手紙を貰った竜之介は、阿部川町の家を出る前に、由造たちに「お蓮たちを隠れ家へ連れて行く」という手紙を送っていたのである。

「あ、生きてた」

寅松が、腰が抜けたようにへたりこんだ。

「表にかなりの量の血の痕《あと》があるんで、まさかとは思ったんですが……」

由造も長い吐息を洩らして、座りこむ。昨夜、竜之介が言った「勝負は時の運」という言葉が深く心に残っていて、由造の不安を倍増したのだろう。

「……………」

お錦は安堵の涙をこらえているらしく、何も言わずに隅の方に座った。

「心配させて、済まなかった。実は待ち伏せがいてな――」

竜之介は、異那津魔《いなづま》のことを話してやる。

「へえ……そいつは自分の左手を拾って逃げたんですか。あれだけ血を流して、走れるとはねえ」

由造は感心した。

「恐ろしい奴であったよ。夕べ、夫婦の死客人《しかくにん》が襲って来た時、背後から殺気を放ったのは、あの異那津魔かも知れぬ」

「なるほど」

そこへ、「お晩です」と挨拶して入って来たのは、隠れ家の管理を頼んでいる近所の百姓の弥助《やすけ》であった。

「明かりが見えたもんで……これは大勢さんですね。今から飯を炊きますから」

考えてみれば、お蓮たちも竜之介も夕飯を食べていない。

竜之介は由造に向かって、

「松吉《まつきち》たちは？」

「言付《ことづ》けを残して置いたんで、あとで参りましょう」

「そうか。では、弥助――」

「へい」

「九人になるから、握り飯を沢山、作ってくれ。それと酒と肴《さかな》も頼む」

「わかりました」と弥助。

「嬶《かか》に、塩と味噌と半分ずつ握らせましょう。女の人もいるから、食べやすいように小さめにしてね。余ったら、明日の朝飯にして貰えばいいんだから。肴は、切り干し大根と油揚の煮たのなら、すぐに作れますが」

「それでよい。済まんが、頼む」

「へい、へい」

お辞儀をした弥助は、もう一度、居間を見まわして、

「いやあ、大所帯で賑やかですねえ」

事態の深刻さを知らぬがゆえに、嬉しそうに言った。

二

「お蓮さんが掛人《かかりうど》だった佐渡屋《さどや》に、三千両を取り立てに来た金貸しの手代の名が、参太《さんた》。お波さんのところの東山堂《とうざんどう》に、千五百両を取り立てに来た浪人金貸しの手代が、忠吉《ちゅうきち》。この参太と忠吉が同じ野郎で、本当の名前が善八《ぜんぱち》……そいつが、タメニ屋の一味だったのだね」

「タメニ屋というのは、偽の借金証文《しょうもん》で商家から大金を巻き上げる奴らだったわけですか」

女御用聞きのお錦も、深々と頷く。

弥助夫婦が食事や酒の支度をしてくれている間に、お蓮の口から詳しい話を聞いた松平竜之介たちなのである。

「善八という奴は、蕎麦屋《そばや》でお蓮やお波に見られたのに気づいた。それで正体がばれたと思って、口封じのために人数と駕籠《かご》を揃え、三人を掠《さら》いに来たわけだな」

竜之介が言う。

「つまりだ――」と由造。

「だが、その前に、角屋《つのや》の番頭が鳶《とび》の人足たちを連れて、お蓮を見張るためにやって来たのだ」

「で、邪魔なそいつらを、タメニ屋の善八たちが棍棒で殴り倒したというわけですね」

そう言った寅松が、首を捻《ひね》って、

「タメニ屋は抜荷《ぬけに》とは関係なかったわけだ……一体、どういう意味なんでしょう」

「わしも、ここへ来る間に、ずっとそれを考えていたのだが……」

竜之介は一同を見まわして、

「悪党同士の符丁《ふちょう》というのは、言葉を略したり上下を入れ替えたりして、堅気の人間にはわからないようにするものだ。で——偽《にせ》という字は、〈人《ひと》に為《ため》〉と書く。引っ繰り返すと〈為人〉だ。ためにん屋……これを短くして、タメニ屋ではないかな」

「なるほどっ」寅松が、音高く自分の膝を打った。

「それだ、それに違いありません。さすが、旦那だ」

「すると、竜之介様」由造は言う。

「菊村《きくむら》の焼け跡で、タメニ屋の出番じゃない——と殺された茂十《もじゅう》が言ったのは

「……」

「うむ。今までのことを考えてみると、どうも、タメニ屋は、金を騙し取る大店《おおだな》を綿密に下調べをしているようだ」

つまり、佐渡屋に三千両の証文を持って来た時は、五年前に商いが苦しい時期があって、その時に主人が借りたのだ――という設定にした。

また、角屋に女の子を連れて乗りこみ、二千両を脅し取ったのは、亡くなった主人の芳右衛門《よしえもん》が好色な人物であったことで、嘘に真実味が加わっている。

「奴らの遣り口《やくち》は、大店の主人が亡くなってから、偽の証文を持って乗りこむわけだ。しかし、闇雲に乗りこむのではなく、どの程度の身代《しんだい》があるか、主人はどういう人物か、かなり調べているのだろう」

そして、騙し取る金額も、身代の二割か三割くらいに留めている。

大店は世間の評判を気にするので、そのくらいなら、揉めるよりも払ってしまった方が良いと思うのだ。

これは、店の身代を全て寄こせというような過剰な要求だったなら、さすがに遺族側も拒否して、町奉行所に裁判願を提出するに違いない。

「そこで、菊村だが――火事で主人夫婦が亡くなったと聞いて、これは仕事になるのではないか、とタメニ屋の茂十が様子を見に来たのだろう。しかし、野次馬の話を聞いていて、大店ではないし身代も残っていないと知って、諦めて引き揚げたのだと思う」

「ははあ、なるほど」

「だが、奴らにも失敗がある。東山堂のことだ」

「うちのことですか……」

お波は大きな目で、竜之介を見つめる。

「大店ではないが、大名家や旗本屋敷にも出入りする老舗だから、タメニ屋は千五百両なら取れると思って、乗りこんで来た。亡くなった主人が米相場で失敗して身代を傾けたことを、知らなかったのだ。もっとも、後継《あとつぎ》も番頭も知らなかったのだから、無理もないが……」

そこへ、弥助が酒と肴《さかな》を運んで来た。

「飯は、後で来ますから」

「すまんな」

竜之介が猪口《ちょく》を取ると、寅松が酌をする。

「それにしても、旦那の快刀乱麻の推理には驚きました。タメニ屋の奴らも、旦那に関わったのが運の尽きでしたね」

「寅松。お前は、わしの贔屓《ひいき》だからそう言うが……少し違うと思う」

「おや、少し違いましたか——あ、どうも」

竜之介に酌をされて、寅松はお辞儀をする。

「タメニ屋はな、悪運が尽きていたのだよ」

猪口を干してから、竜之介は言った。

「東山堂のことだが——予想外の事態で千五百両を騙し取るのが無理になったのだから、奴らは、そのまま引き揚げれば良かったのだ」

ところが、本物の金貸しらしく演技をしようと思ったのだろう、娘のお波を売ってでも金を作れ——と、手代の忠吉こと善八が脅した。

その脅迫に怯《おび》えたお波が、家から飛び出したのだ。

「そして、新大橋でお蓮と出会い、世話になった。で、翌日に三人で本願寺へ参詣に行って、その帰りに蕎麦屋で善八を目撃することになったのだ」

「たしかに、そうですね。色々と繋がってます」

「では、お蓮が新大橋を通りかかったのは、なぜかというと——菊村のあった場所を見たいと思い立ったからだ。それというのも、寅松——」

「へ？」

「お前が、タメニ屋という手がかりを摑んで来たおかげだ。それで、一連の凶事が自分のせいではないとわかって、お蓮は、実家のあった場所を見に行く気になったわけだ」

「ええ、その通りでございます」

お蓮が頷いた。

「由造親分もお錦も、これから来る松吉と久八《きゅうはち》も、この事件の真相を暴くために足を棒にして聞きこみをした……それらの力が一つになって、タメニ屋という隠れた悪党を炙《あぶ》り出したのだ」

しみじみとした口調で、竜之介は言う。

「奴らは悪事が上手く行きすぎて、堅気の人間の地道な努力というものを馬鹿にしていたのだな。だから、今、敗北しかかっている」

「ははあ……」

由造は感心したように、首を振った。お錦も、何度も頷いてしまう。

「松浦様…いえ、竜之介様」尊敬の眼差《まなざ》しで、お蓮が訊《き》く。

「竜之介様は、いつもそのような事を、お考えになっているのですか」

「世の中というものは、汗水垂らして真面目に働いている人たちによって成り立っている――それが道理だ」

竜之介は微笑して、

「それに比べたら、剣術が上手いとか強いとかいうのは、大したことではない」

「旦那、そこだけは間違いですぜっ」寅松が言った。

「悪党に泣かされてる人たちが、旦那の剣のおかげで、どれだけ救われたか。旦那の剣は、えーと……そうそう、人を助け人を活《い》かす、活人剣《かつじんけん》というやつですよ」

「寅松、よく言った」と由造。

「活人剣とは憎いことを言う。お前さんの学問が深いのには、感心したぜ」

「いやだなあ、親分。褒められてるのか、からかわれてるか、わかりゃしねえ」

そこで、一同は笑い声を立てた。

「――はいはい、お待ちどう様でした」

弥助夫婦が、握り飯の大皿を運んで来た。

「みんな、いただこう」

竜之介が塩の握り飯を手に取り、皆がそれに習う。お民が茶を煎《い》れて、配った。

「――親分」と竜之介。

「陽が昇って明るくなったら、駕籠を手配して、お蓮たちを北町奉行所へ連れて行こう。与力の小林喜左衛門《きざえもん》殿には、わしから事情を話す」

「承知致しました」

由造がお辞儀をする。

「ん……」

ふと、竜之介は玄関の方を見た。

「松吉たちが来ましたか」

「いや――」

大刀を手にして、竜之介は立ち上がる。

「どうやら、招かれざる客らしい」

「えっ」

「親分、お錦、寅松。お蓮たちを頼んだぞ」そう言って、竜之介は玄関へ向かう。

三

半月の光に照らされて、十数人の男たちが家の表に立っていた。

皆、鉢巻《はちまき》と臀端折《しりっぱしょ》りに襷掛《たすきが》けの喧嘩支度《けんかじたく》で、腰に長脇差《ながどす》をぶち込んでいる。

「出て来やがったっ」

善八が喚《わめ》いた。手首の骨に罅《ひび》が入ったので、右腕を晒《さら》し布で首から吊っている。

「元締。こいつが、お蓮たちを掻っさらった松浦竜之介ですぜ」

「うむ……」

一人だけ、帯に長脇差を差していない無腰の羽織《はおり》姿の中年男がいた。

「その方《ほう》が、タメニ屋の頭《かしら》か」

「辰巳屋陣兵衛《たつみやじんべえ》と申します」

薄ら笑いを浮かべて、陣兵衛は言う。

「見かけだけなら、普通の商人のようだな」

「その通り、辰巳屋は普通の商人ですよ。タメニ屋は、まあ、副業のようなもので」

「偽の借金証文《しょうもん》で大金を騙し取るために、佐渡屋や角屋の主人を事故に見せかけて殺し、夜鷹《よたか》のお蓑《みの》や常吉《つねきち》や筆師の千三《せんみつ》まで殺しておいて、普通の商人とは片腹痛い」

「色々とお詳しいですな。しかし、夜鷹なんてものは、死んだ方が世の中のためじゃありませんか」

平然として、陣兵衛は、恐ろしいことを言ってのけた。

「それに、大店《おおだな》が蔵に貯めこんでいる金を、私らが代わりに遣《つか》ってやれば、世の中に金がまわる。これは、功徳《くどく》というものですよ」

「その方は、腸《はらわた》の底まで腐りきっているようだ」

辛辣《しんらつ》に、竜之介は言う。

「ははは。褒め言葉として、受け取っておきましょう」

あくまで余裕たっぷりの、陣兵衛であった。

「わからぬことがある」と竜之介。

「お蓮のことだ。三年がかりで手間暇かけて、一人の女に凶事が続いたように細工したのは、なぜだ」

「ああ、そのことですか」

陣兵衛は面白そうに言う。

「それはね。世の中の目を逸《そ》らすためですよ」

「目を逸らす……」

「私は、何年も前からタメニ屋をやって来ました。準備に準備を重ねて、五十両、百両を騙し取っても仕方ありませんから、最低でも千両は手に入るように、大店ばかりを狙いました。しかし……同じ手口を続けていると、誰かが不審に思うかも知れない。そこで――お蓮に目をつけたのです」

自分の知恵の逞《たくま》しさを、誰かに自慢したかったのだろう。辰巳屋陣兵衛は、とうとうと語る。

「猫が死んだのは放生会《ほうじようえ》の八月十五日で、店が火事になって両親が死んだのが九月十五日――茂十から聞いて、これは使えると思いましたね」

一年近く待って、陣兵衛は手下に命じ、八月十五日に佐渡屋の主人の口に無理矢理に酒を注ぎこみ、堀割りに沈めて溺死《できし》させた。

そして、翌年の七月十五日には、角屋の主人を汐見坂《しおみざか》で大八車で撥《は》ね殺したのである。これで周囲の者は、お蓮が、不幸をもたらす女、死神に憑《つ》かれた美女だ――との思いを強くした。

「今年は、六月十五日に女中のお民を手籠《てごめ》にして殺すつもりでしたが……五月十四日にお蓮が身投げ騒動を起こしたので、仕方なく一月《ひとつき》前倒しにして、それを助けた夜鷹と元の亭主を殺したのです。ついでに、千三に片目猫の呪いの瓦版を書かせて、世間に〈死神の女〉の存在を知らしめたわけですな。おかげで、偽証文の件は、誰も疑わなかった。世間は、案外と迷信深いもので」

「だが……」怒りをこめて、竜之介が言う。

「そのために、何の罪もないお蓮は、自分の責任かと苦しみ抜いたのだ」

「それは、仕方がありません。儲ける者がいれば、損をする者がいるのは、商いの鉄則ですよ」

「どうやら、その方には言葉で申しても無意味のようだな」

竜之介は、すらりと大刀を抜いた。

「野郎っ」

善八を含めた三人が、長脇差を振りかざして、竜之介に斬りかかる。善八は左手で長脇差を持っていた。

が、竜之介の剣が三度閃《ひらめ》くと、頭や腹を刀の峰で打たれた男たちは、地面に倒れ伏す。斬らないのは、生かしておいて、町奉行所でタメニ屋の悪事を全て吐き出させるためであった。

「女どもを捕まえろ」陣兵衛が叫ぶ。

「岡っ引たちは、息の根を止めるんだっ」

男たちが、家の方へ走ろうとする。

「待てっ」

竜之介は、手近な二人に大刀を振るった。

「ぎゃっ」

「ぐっ」

右肩を一撃された奴と後頭部を打たれた奴は、顔面から地面に倒れこむ。さらに竜之介が、他の男たちを追おうとすると、

「――松浦さん」

背後から、声がかかった。

「……？」

つんのめるようにして立ち止まった竜之介は、ゆっくりと振り向く。

覆面をした袴《はかま》姿の侍が、陣兵衛の脇に立っていた。

「その声は、まさか……」

「私ですよ」

侍は覆面を取る。覆面の下から現れた顔は、野村浩次《こうじ》郎《ろう》のものであった。

四

「あなたが、タメニ屋の人斬り屋だったとは……」

松平竜之介の声は、驚きと悲しみに満ちていた。

「いや、人斬りは中沢源五郎《げんごろう》の役目だったのだが、夫婦《めおと》死客人《かくにん》に殺《や》られてしまったのでね。それで、私が引っぱり出されたわけです」

悪びれもせず、野村は言う。

「あの死客人は、陣兵衛が雇ったのではないのか」

「山城屋彦右衛門《やましろやひこえもん》という同業者がいましてね。そいつが、私のタメニ屋商売を乗っ取るために、中沢先生を殺し松浦さんを狙ったわけですな。まあ、山城屋も死客人も、野村先生が始末してくれました」

「私は剣術が好きではないのだが、金を貰ったからには断れないのでね」

野村は微笑《ほほえ》む。

「タメニ屋の仲間になったのも、物持ちの商人たちに一泡《ひとあわ》ふかせてやりたかったからです。旗本の三男坊である私が金で苦労しているというのに奴らは怪《け》しからん」

「信じられぬ……」

愕然《がくぜん》とした竜之介であったが、はっと気づいたことがあった。

「ひょっとして、偽証文《にせしょうもん》の署名を書いたのは」

「私ですよ」野村は言う。

「書家として身を立てるために修業したことが、図《はか》らずも役に立ったわけで」

目隠しをしたままで全く同じ字を書ける野村浩次郎ならば、本物そっくりの署名を書くことも不可能ではないのだ。

「夫婦死客人が襲撃して来た時に、背後にいたのは、あなたか」

「はい。見物させて貰って死客人の手口がわかったので、斬るのは楽でした――さて」

野村浩次郎は、大刀を抜いた。

「そろそろ、殺し合いを始めますかな」

家の中は、乱戦状態であった。

「寅松、大丈夫かっ」

「親分こそ、しっかり」

由造とお錦は十手を、寅松は擂《す》り粉木《こぎ》を振りまわしている。

お蓮たち三人は、座敷の隅で震えていた。

土足で侵入した男たちは、長脇差で彼らに斬りかかって来る。

「あっ」

敵に腰を蹴られて、お錦が畳の上に倒れた。

それを男が串刺しにしようした時、庭から飛びこんで来た百姓が、そいつの脇腹に匕首《あいくち》を突き刺した。

「げっ」

それは、百姓に化けた跳馬《はねうま》の仙太《せんた》であった。

「く、そ……」

脇腹を抉《えぐ》られた男は、倒れる前に、最後の力を振り絞って仙太を叩き斬る。

袈裟《けさ》懸《が》けに斬られた仙太に、お錦が飛びついた。

「仙太っ……どうして、憎いあたしを助けたんだ」

渡世人の仙太は、逆恨みと知りつつ、お錦が捕まえて磔《はりつけ》になった筑波《つくば》の弥五郎《やごろう》の仇討《あだう》ちを宣言していたのである。

「てめえを殺すのは…俺だ。他の奴には……」掠《かす》れ声で、仙太は言う。

「ちきしょう……目の前が暗くなって来やがったぜ……ふ、ふ」

皮肉な笑みを浮かべて、仙太は絶命した。

「仙太……」

片手拝みしたお錦は、立ち上がった。

そして、お波の腕を摑んだ男の右肩に、十手を鋭く振り下ろす。


「松浦さん――」

正眼に構えた野村浩次郎は、静かに言う。

「あなたの流派は、泰山流《たいざんりゅう》だと言われましたね。だったら、私は真《ま》っ向《こ》う唐竹割《からたけわ》りに斬りこみますよ。奥義《おうぎ》といわれる相斬刀を、見せて貰いましょう」

「……」

松平竜之介は、無言であった。

「私を斬りたくないとか思って手加減すると、あなたが死ぬことになりますよ」

そう言って、野村は突進して来た。言葉通りに、大刀を振りかぶる。

竜之介も、それに合わせた。

相手が振り下ろすのと同じ軌道で、大刀を振り下ろす。

両者が同じ軌道だから、力負けした方の刃《やいば》が、右へ弾かれるのだ。

が、けたたましい金属音とともに、信じられないことが起こった。

どちらも弾かれないまま刃が振り下ろされて、野村の剣が竜之介の鐔《つば》に迫ったのである。

「むっ」

間一髪、竜之介は後方へ跳んだ。その鐔の端に、傷がついている。野村の剣の切っ先によって、つけられた傷であった。

「今宵《こよい》は良い半月だ……どこかの流派に、半月落としという技があるそうですな」

正眼に戻して、野村は言う。

「相手の鐔を半月のように断ち割り、右手の五指を斬り落とす──それを真似てみました」

相斬刀で竜之介と力が拮抗《きっこう》していれば、右側へ弾かれず、そのまま刃を振り下ろして鐔ごと右手の指を斬れるのであった。

「つまり、相斬刀破り──私の勝ちですな」

「……いや」竜之介は低い声で言う。

「その相斬刀破りを、わしが破って見せよう」

「ほう」野村の両眼に、濃い殺気が光る。

「では、見せて貰いましょうか。その秘技をっ」

再び、大刀を振りかぶった野村は、風を巻いて刃を振り下ろした。

竜之介は、全く同じ軌道で刃を振り下ろす。

金属音が響き渡り、互いの剣が停止した。

「ぬ……」

野村は刮目《かつもく》した。互いの剣の鐔と鐔が、ぶつかっていたからだ。

つまり、竜之介は相斬刀を繰り出しながら、前へ出たのである。

そのために、野村の剣の物打《ものう》ちが相手の鐔を落とすまえに、鐔と鐔が衝突したのだ。

相斬刀破りが、破られたのであった。

「ちいっ」

野村は後方へ跳んで、態勢を立て直そうとした。が、そこへ竜之介が斬りこむ。

「うっ……」

よろけた野村は前へ出て、竜之介の左肩に顎を乗せた。

「さ…侍の心と書いて…志《こころざし》か……志の差で、私は…敗《ま》けたようですな」

そう呟《つぶや》いて、野村浩次郎は、ずるずると地面に倒れこんだ。

「………」

それを見下ろす竜之介の顔には、言いようのない悲しみが溢れていた。

「ひ……ひえぇっ」

辰巳屋陣兵衛が、情けない悲鳴を上げて逃げようとした。

竜之介は、ものも言わずに、その後頭部に大刀の峰を振り下ろす。

陣兵衛が倒れるのと、遠くから松吉と久八が駆けて来たのが、ほぼ同時であった。

「竜之介旦那っ」

「みんな、大丈夫ですかっ」

家の中の乱闘も、無事に決着がついたようである。

五

「巨《おお》きすぎて怖いみたい……」

男根の茎部に脇から舌を這わせながら、お蓮は、うっとりとして言った。

松平竜之介は仁王立ちで、お波が先端を咥《くわ》えて、お錦が垂れ下がった玉袋を舐めまわしている。無論、四人とも全裸であった。

タメニ屋一味を退治してから五日後の昼間――浅草阿部川町の家の寝間である。

「放つぞ」

竜之介は、濃厚な雄汁《おじゆう》を大量に吐精した。

「んん、ん……」

処女のお波は健気《けなげ》に飲みこむが、口の端《はし》から白濁した聖液が溢れる。それを、お蓮とお錦が丁寧に舐めとった。

それから、横たわったお蓮の上に、竜之介は覆いかぶさる。石仏《いしぼとけ》の不感症であったはずのお蓮の茜色《あかねいろ》の花園は、愛汁で濡れそぼっていた。

そして、長く太く硬い男根で貫かれると、お蓮は、身も世もなく悶《もだ》え狂う。

「す、凄い……これが…本当の男女の閨事《ねやごと》……腰が溶けてしまいそう……」

亡夫に嬲《なぶ》られている時は無反応であった女体《にょたい》も、今は完全に熟れていたのであろう。

その痴態を脇から見て、男識《し》らずのお波も興奮して、無毛の亀裂を濡らしていた。

「お波ちゃん……」

お錦が、お波の唇を吸って秘部を愛撫してやる。女同士の愛戯に夢中になったお波は、女御用聞きの乳房を揉みまわした。

「駄目ぇ……い、逝《い》くぅぅぅ……っ！」

お蓮は絶頂に達した。それに合わせて、竜之介は、またもや白濁した溶岩流を放つ。二度目とは信じられない、夥《おびただ》しい量であった。

ずるりと男根を引き抜くと、驚くべき事に、それは猛々《たけだけ》しいままである。

お錦が、お波を仰向《あおむ》けに横たわらせた。竜之介は、愛汁と聖液に濡れた灼熱の剛根を、桃色の初々《ういうい》しい亀裂に密着させる。上下に、亀裂を擦るように動かした。

「あっ、あんっ……ああっ」

お波は、喜悦の声を上げた。さらに、花園から透明な秘蜜が湧き出す。頃合を見て、竜之介は秘部を貫いた。乙女の聖なる肉扉を突き破る。

十八娘が悲鳴を上げると、そこで腰を停止して、破華《はか》の苦痛が治まるのを待った。それから、ゆっくりと律動を開始する。

「ああァ……竜之介様……」

お波が、歓びの甘声《あまごえ》を発した。剣だけではなく閨でも達人の松平竜之介は、巧みに責める。それゆえ、初体験であるにも関わらず、お波は女悦の味を知ったのだ。そのお波の薄い乳房を、お蓮とお錦が両側から舐めている。

（それにしても、タメニ屋の辰巳屋陣兵衛が、まさか、公事宿《くじやど》の主人であったとは……）

お波の女壺の肉襞《にくひだ》を味わいながら、竜之介は胸の中で溜息《ためいき》をつく。

前にも述べたが──地方から出て来た百姓などが役所に訴訟を起こす時に泊まる専用の旅籠《はたご》が、公事宿だ。

その主人は、現代の弁護士と司法書士を兼ねたような役目をする。だから、金銭や土地争いなどの訴えに関わる法の裏の裏まで知り抜いていた。

大店《おおだな》であれば、様々な取引上の問題で、何度かは南北町奉行所で民事訴訟を取り扱う出入筋《でいりすじ》に、書類を提出している。

陣兵衛は、南町奉行所の出入筋筆頭与力の森崎昌之輔《まさのすけ》を抱きこんで、そういう訴訟書類を借り出しては、その署名を野村浩次郎に筆写させていた。こうして収集した大店の主人の署名見本を駆使して、彼らが亡くなった時に偽の借金証文《しょうもん》を作り、遺族から大金を騙し取っていたのだった。

さらに、佐渡屋や角屋のように、事故に見せかけて主人を殺すことまでやっていたのだ。

タメニ屋として、陣兵衛は、年間に二万両から三万両も稼いでいたという。

森崎筆頭与力は、年間で千両という賄賂《まいない》を渡されて、陣兵衛に協力していたのだ。

同じ公事師の山城屋彦右衛門は、陣兵衛が裏稼業をやっていることを嗅ぎつけて、夫婦死客人を雇い、中沢浪人などを殺してタメニ屋業を乗っ取ろうとしたのだった。

陣兵衛たちタメニ屋の一味は、極刑になるであろう……。

「竜之介様。お波ちゃんのお臀《しり》を、いじりますから……」

お錦の言葉に、「よし」と竜之介は結合したままで、お波と軀《からだ》を上下に入れ替える。お波の臀の割れ目に、お錦は顔を埋《うず》めて、その奥底に舌先を差し入れた。

朱鷺《とき》色《いろ》の後門を舐めしゃぶり、括約筋《かつやくきん》をほぐす。

「羞《はず》かしい……お臀の孔《あな》を舐められるなんて……」

そう言って身をよじりながらも、さらに秘蜜を溢れさせてしまう、お波であった。お蓮は、お波の口を吸って舌を絡ませる。

（それにしても、お蓮の身の始末がついて良かったな――）

本人に無断で旗本の隠居の妾《めかけ》にしようしたことで、角屋の芳太郎《よしたろう》と番頭の政吉《まさきち》は、北町奉行・榊原主計頭忠之《さかきばらかずえのかみただゆき》から急度叱《きっとしか》りを受けた。そして、お波に別宅を与えて、三千両の謝罪金を渡すように命じられたのだ。

お蓮は、この金を元手にして、お民と一緒に甘味処《かんみどころ》を開業するつもりらしい。

「お臀の孔が、ほぐれましたよ」

お錦に言われて、竜之介は身を起こして結合を解いた。

人形のように華奢《きやしゃ》なお波を四ん這いにして、小さな臀を高々と掲げさせる。そして、愛汁で濡れそぼった巨根を、犬這いのお波の可愛らしい臀孔に突き刺す。

「ひィああ……ァァあっ」

自分の手首よりも太い肉の凶器に臀を犯されて、お波は背中を弓なりに反らせた。長大な男根の根元まで、ずぶずぶと十八才の排泄孔《はいせつこう》に深々と没入する。若々しい後門括約筋の締め具合は、強烈であった。

（しかし、長門《ながと》殿の言葉には驚いた――）

北町奉行所への説明が済んでから、竜之介は伊東長門守に会って、酒を飲みながらタメニ屋事件のことを話した。

「嘆かわしい……町奉行所の筆頭与力ともあろう者が、犯罪に加担するとは」

憤《いきどお》っていた長門守であったが、お蓮を妾にしようとした二宮徳翁《にのみやとくおう》と異那津魔の話を聞くと、途端に顔を曇らせた。

「どうかしましたかな」

竜之介が訊《き》くと、長門守は言いにくそうに、

「実は、竜之介様。その二宮徳翁というのは変名でして……本当は、一橋《ひとつばし》――」

「あの老人は、一橋穆翁《ばくおう》殿であったか」

徳川第十一代将軍・家斉の実父である一橋治済《はるさだ》卿は、今は穆翁と名乗っている。

公儀の陰の実力者である。

自分が公儀を完全に支配するのに邪魔な竜之介を、今までに何度も排除しようとしてきた危険な人物であった。

「子飼いの忍者を撃退したことで、穆翁様は、さらに竜之介様に憎しみをつのらせるでしょうなあ」

長門守は、そう嘆息《たんそく》したのである。

(仕方があるまい……将軍家の御尊父《ごそんぷ》であっても、間違っていることは間違っているのだ)

お波の臀孔を味わいながら、竜之介は、そう考えていた。

（わしはこれまで通りに、世のため人のために己《おの》れが正しいと思っている道を進むまでだ）

竜之介の逞《たくま》しい臀部に、お錦が顔を密着させている。そして、排泄孔を舐めて、その内部にまで舌先を差し入れていた。お蓮は、脇から二人の結合部を舐めている。

「お臀の孔が裂けそう……」お波が喘ぐ。

「いいえ……裂けてもいいから、もっと犯して……竜之介様…お波のお臀を滅茶苦茶にしてっ」

ついに、後門性交の倒錯した快感に目覚めたお波であった。

「よかろう――」

臀肉を鷲づかみにして、竜之介は力強く責める。お波の次は、お蓮とお錦の臀を犯してやるのだ。

外には、小糠雨《こぬかあめ》が音もなく降ってきたようである。だが、寝間には三人の美女の淫気が満ちあふれ、さらに艶《えん》なる官能の宴《うたげ》が繰り広げられようとしていた。

あとがき

前作の『乙女呪文《じゅもん》』は派手な伝奇物でしたが、本作『死神の美女』は怪奇サスペンスです。

アイディアの元になったのは、サスペンス映画の巨匠アルフレッド・ヒッチコック監督の『マーニー』(一九六四年)。

名前を変え、髪の色を変え、就職した先で大金を盗んで歩く謎の美女の名が、マーニー(ティッピ・ヘドレン)。

彼女には、自分でも覚えていないトラウマがあり、SEX恐怖症で不感症でもある。

この美女を救うために奮闘する出版社の若社長が、ショーン・コネリー。

ちょうど、『007/ゴールドフィンガー』と『サンダーボール作戦』の間に、この映画が撮影されたようです。

なので、ただ立っているだけで、コネリーの全身からヒーローとしてのオーラが半端《はんぱ》なく出まくってます。

アクションの見せ場はありませんが、豪華客船のプールに浮かんでいるマーニーを片手だけで引っぱり上げたのは、さすがジェームズ・ボンドですね。

マーニーの母親を演じたルイーズ・ラサムも、素晴らしい。

この『マーニー』と捕物帳の元祖『半七捕物帳』（岡本綺堂）の代表的な一篇『津《つ》の国屋《くにや》』をミックスして、設定の中核が出来ました。

さらにいえば、伝奇小説の巨匠である角田喜久雄の現代物『黄昏《たそがれ》の悪魔』を映画化した『悪魔が呼んでいる』（一九七〇年）も、影響があるような気がします。

私は学生の頃、『幽霊屋敷の恐怖／血を吸う人形』と同時上映されたのを見ました。低予算で七十五分の小品ですが、不条理な状況に怯《おび》えまくる主演の酒井和歌子が可愛かった。

なお、この二本立ては「一本の予算で二本の映画を撮る」という条件だったそうで、『血を吸う〜』も『悪魔〜』も監督は山本迪夫《みちお》です。

そして、本作の犯罪のアイディアは、私が昔書いた短編に使用したものですが、長編なので、それをパワーアップしています。

クライマックスで松平竜之介と対決する敵は、本シリーズ中でもトップクラスの強さと言って良いでしょう。

そして、シリーズで初めて、ついに、あの準レギュラー・キャラが顔を見せます。

色々と世の中が騒々しくなっていますが、正義が勝利し悪が討たれる『若殿』世界を楽しんでいただければ、幸いです。

なお、次の作品は来年二月に、『卍屋龍次 地獄旅（仮題）』が出る予定ですので、よろしくお願いします。

二〇二三年十月

鳴海 丈

参考資料

『江戸の町奉行』石井良助　（明石書店）
『捕物の世界』今戸榮一・編／他　（日本放送出版協会）
『江戸の訴訟』高橋敏　（岩波書店）
その他

コスミック・時代文庫

若殿《わかとの》はつらいよ
死神の美女

2023年11月25日　初版発行

【著 者】
鳴海《なるみ》　丈《たけし》

【発行者】
佐藤広野

【発 行】
株式会社コスミック出版
〒154-0002 東京都世田谷区下馬 6-15-4
代表　TEL.03(5432)7081
営業　TEL.03(5432)7084
FAX.03(5432)7088
編集　TEL.03(5432)7086
FAX.03(5432)7090

【ホームページ】
https://www.cosmicpub.com/

【振替口座】
00110-8-611382

【印刷／製本】
中央精版印刷株式会社

ISBN978-4-7747-6513-6 C0193